Verband deutscher Schriftstellerinnen
und Schriftsteller Ostbayern (Hg.)

Genussvolles Ostbayern

Verband deutscher Schriftstellerinnen und Schriftsteller Ostbayern (Hg.)

GENUSSVOLLES OSTBAYERN

Kulinarische Geschichten und raffinierte Rezepte

SüdOst Verlag

Bibliografische Information der Deutschen Nationalbibliothek

Die Deutsche Nationalbibliothek verzeichnet diese Publikation in der Deutschen Nationalbibliografie; detaillierte bibliografische Daten sind im Internet über http://dnb.dnb.de abrufbar.
ISBN 978-3-95587-780-4

MIX
Papier aus verantwortungsvollen Quellen
FSC® C014138
FSC
www.fsc.org

Für uns, die Battenberg Gietl Verlag GmbH mit all ihren Imprint-Verlagen, ist Nachhaltigkeit ein wichtiger Teil unserer Unternehmensphilosophie. Daher achten wir bei allen unseren Produkten auf den Einsatz umweltschonender Ressourcen und Materialien.
Dieses Buch wurde auf FSC®-zertifiziertem Papier gedruckt. FSC (Forest Stewardship Council®) ist eine nicht staatliche, gemeinnützige Organisation, die sich für die verantwortungsvolle und ökologische Nutzung der Wälder unserer Erde einsetzt.

Unsere Partnerdruckerei kann zudem für den gesamten Herstellungsprozess nachfolgende Zertifikate vorweisen:
- Zertifizierung für FOGRA PSO
- Zertifizierungssystem FSC®
- Leitlinien zur klimaneutralen Produktion (Carbon Footprint)
- Zertifizierung EcoVadis (die Methodik besteht aus 21 Kriterien in den Bereichen Umwelt, Einhaltung menschlicher Rechte und Ethik)
- Zertifikat zum Energieverbrauch aus 100 % erneuerbaren Quellen
- Teilnahme am Projekt „Grünes Unternehmen“ zum Schutz von Naturressourcen und der menschlichen Gesundheit

1. Auflage 2021
ISBN 978-3-95587-780-4

www.battenberg-gietl.de

INHALT

VORWORT

DER APPETIT KOMMT BEIM LESEN UND ESSEN.

Das Kochen – auch das Backen und Braten – gehört zu den ältesten Kulturtechniken. Allerdings erst mit der Beherrschung des Feuers machten die Menschen einen entscheidenden Schritt vorwärts: nämlich hin zur Herdstelle in Höhlen und Hütten. Nun war das Zubereiten der Speisen in anderer bzw. bekömmlicherer Weise möglich. Denn aus Getreide konnte Brot gebacken und das rohe Fleisch gebraten werden. Auch wurde die Nahrung durch das Erhitzen gesünder, verdaulicher und haltbarer, was eine Vorratshaltung für schlechte Zeiten ermöglichte.

Infolge der gekochten Nahrung, die leichter zu verzehren war, veränderten sich bei den frühen Menschen allmählich das Gebiss und der Kauapparat: Die Zähne wurden kleiner, wodurch das Sprechen und die Sprache, d.h. die menschliche Kommunikation, gefördert wurde.

Im Laufe der Jahrtausende verfeinerte sich auch der Geschmack der Menschen: Die Kochkunst entstand, die besondere Speisen zubereitete. Wer sie nachkochen wollte, brauchte eine Anleitung. So hielt man die Rezepturen schriftlich in Kochbüchern fest.

War die Kochkunst in Europa zunächst nur für die höchsten und höheren Gesellschaftsschichten von Bedeutung, wie Adel und Bürgertum, die sich Köchinnen und Köche leisten konnten, verbreitete sie sich im Laufe der Zeit bei allen Menschen, die wohlschmeckende Speisen liebten. Diese Vorlieben waren jedoch landschaftlich verschieden. So entstand die nationale bzw. regionale Küche, allen voran die französische Küche der „Haute cuisine“. Mit vermehrter Mobilität der heutigen Menschen wurden manche Gerichte weit über die nationalen Grenzen hinaus bekannt und beliebt, beispielsweise Spaghetti, Pizza, Döner, Sushi, Pommes frites usw.

Trotzdem erhielten sich hie und da noch Besonderheiten in der regionalen Küche, wie Münchner Weißwürste, Nürnberger Lebkuchen, Pfälzer Saumagen, aber ebenso Kartoffelschmarrn in der Oberpfalz und Schweinsbraten in Niederbayern.

Auch die hier versammelten 23 Autor*innen haben ihre Lieblingsgerichte und kulinarischen Vorlieben. Beides, Rezepte und Geschichten dazu, vereinen sie nun in diesem Buch, um den Genuss beim Kochen, Backen, Braten und Lesen noch zu vergrößern.

Bei den landläufigen Kochbüchern gibt es drei Arten: Rezeptbücher für die Berufsausübung, Anleitungen für Auszubildende und Kochbücher für Hobbyköchinnen und -köche. Wir fügen nun noch eine Variante hinzu: ein Lesebuch mit Rezepten für genussfreudige Leseratten.

Denn der Appetit kommt nicht nur beim Essen, sondern auch beim Lesen.

Wohl bekomm's!

Marita A. Panzer

Vanillekipferl

Für den Teig:

125 g Zucker
200 g Butter
250 g Mehl
200 g gemahlene Mandeln
2 Eigelb
Außerdem:
das ausgekratzte Mark einer Bourbon-Vanilleschote
oder 1 Tütchen echter Vanillezucker
3 EL Puderzucker

Zubereitung:

Einen Mürbeteig zubereiten, eine Weile kalt stellen.
Rollen von etwa 2 cm formen, davon knapp 1 cm schmale Scheiben schneiden.
Aus den Scheiben kleine Kipferl (Hörnchen) formen, im 220 Grad heißen Ofen 10 Minuten sehr blass backen.
Das ausgekratzte Vanillemark mit dem Puderzucker gut vermischen und auf einen Teller geben.
Die Kipferl noch lauwarm im Vanillezucker wälzen.

Hilde Artmeier

PARIS, RIO, NEW YORK, KALLMÜNZ

„Denk einfach an die Kohle, Kleine“, grunzt Pjotr und kramt Mütze und Strumpf aus dem Handschuhfach. „Alles okay?“ Nichts ist okay. Umso mehr, wenn ich die Ausbuchtung in der Brusttasche seiner schwarzen Jacke richtig deute. Dennoch nicke ich.

Draußen ist es ruhig. Klar, um drei Uhr morgens schläft der normale Bewohner von Kallmünz. Nur wir beide kauern hier im fröstеligen Frühlingsdunkel, horchen auf jedes noch so leise Geräusch, beobachten die alte Villa am Ortsrand, in der sich die langen dreißig Minuten, während derer wir schon hier sitzen, nichts gerührt hat. Und trotz der kühlen Nachtluft schwitzen wir.

Das heißt, ich schwitze.

„Mach dir nicht in die Hosen“, raunt Pjotr in väterlichem Tonfall. Dann zieht er etwas metallisch Glänzendes aus der Brusttasche. „Ist ja nicht das erste Mal, dass ich so was mache.“

„Mensch, lass bloß die Knarre hier!“ Ich schnappe nach Luft. „Verdammt, das war nicht ausgemacht.“

Er lacht nur, zieht sich den Strumpf übers Gesicht, öffnet lautlos die Wagentür. Einen Wimpernschlag später ist er schon hinter der mannshohen Fliederbuschhecke verschwunden.

Eigentlich ist mein Job kinderleicht. Nur warten, hieß es, Chauffeurin spielen, die Gegend beobachten. Doch als ich das Handy aus der Hosentasche ziehe und einschalte, merke ich, dass die Hände mir nicht gehorchen wollen. Was, wenn doch irgendein Nachbar nach einem Besäufnis bei Freunden nach Hause torkelt und mich erkennt? Was, wenn die Bullen ausgerechnet in dieser einsamen Gegend Streife fahren? Was, wenn die Köchin aufwacht, die im Erdgeschoss der Villa ein Zimmer bewohnt, und Pjotr sie über den Haufen knallt?

Ich lasse das Fenster auf der Fahrerseite herunter, werfe besorgte Blicke hinaus, atme die frische Nachtluft ein, lausche angestrengt. Nichts. Weder Schritte auf dem Asphalt noch der Motor eines sich nähernden Autos. Nur das Wasser der Naab plätschert kaum hörbar ans nahe Ufer, und in der Ferne blinken Laternen, irgendwo bei der steinernen Brücke. Die Scheinwerfer hingegen, die abends die wie über allem schwebende Burgruine erstrahlen ließen, oben auf dem Schlossberg über den schlafenden Häusern, sind längst erloschen.

Seufzend mache ich das Fenster wieder zu, greife in die Tüte mit den Vanillekipferln, die Niko für mich gebacken hat, schiebe mir eines in den Mund und könnte jauchzen vor Glück. Butterzart, ein unvergleichlicher Geschmack nach gemahlenen Mandeln, perfekt abgerundet mit einem Hauch Bourbon-Vanille, die Königin der Gewürze, nach deren Duft ich süchtig bin. Für mich ist immer Vanillekipferlzeit, nicht nur an Weihnachten. Auch wenn Niko als gelernter Konditor ständig seine schöne schmale Nase darüber rümpft.

Vermutlich sitze ich nur wegen ihm hier. Wie soll ich ihm sonst beweisen, dass ich auch einmal etwas zustande bringe, das Geld abwirft. Also richtig Geld, nicht nur das bisschen, das meine Chefin mir jeden Monatsersten bezahlt. Wenn nur Pjotr mir keinen Strich durch die Rechnung macht. Der hat sich nicht im Griff.

Ich lasse mir das nächste Vanillekipferl auf der Zunge zergehen und muss an den versuchten Kunstdiebstahl in der Ostdeutschen Galerie denken, vor drei Monaten in Regensburg. Geklaut wurde nichts, dafür hat man den Nachtwächter erschossen, der im Museum den

Alarm ausgelöst hatte. Pjotr hat sich zwar nur in Andeutungen ergeben. Aber mir ist klar, dass er dahintersteckt. Warum habe ich mich nur auf diesen Mist hier eingelassen?

Sechs Wochen ist das jetzt her. Da hab ich Pjotr zum ersten Mal getroffen. Am Ende meiner Probezeit, da hinter der Hecke in Bettys Villa, wie ich meine Chefin seit Kurzem nenne. Vor gut fünfundzwanzig Jahren, als Baronin Bettina von Birkengrund frisch verheiratet und wie ich heute Anfang zwanzig war, sah sie einfach umwerfend aus. Auf den Schnappschüssen, die über der Chaiselongue im Salon hängen, schimmert in jedem Blick und jeder Geste das Topmodel durch, als das sie vor ihrer Heirat durch die Welt jettete. Das ganze Repertoire hatte sie drauf, von aufreizend-verrucht über naiv-unschuldig bis zu verwegen-draufgängerisch.

Am besten aber gefällt mir das Hochzeitsfoto. Der Baron und seine Betty, er ergraut und mit würdevoller Miene, sie platinblond und mit den Schätzen der Adelsfamilie ihres Gatten geschmückt. Ein Feuerwerk aus blitzenden Diamanten, leuchtenden Smaragden und funkelnden Rubinen.

Doch ich schweife ab. Also, zu Baronin Bettinas Fünfzigstem war alles geladen, was in der Gegend Rang und Namen hat. Wie hatte ich gewienert, geschrubbt und gebürstet, damit die abgetretenen Parkettböden und zerschlissenen Teppiche halbwegs vorzeigbar aussahen. Bis auf die paar Antiquitäten in der renovierungsbedürftigen Villa, den bordeauxroten Bentley und den jahrhundertealten Familienschmuck, den sie wie alles andere von ihrem früh verstorbenen Mann geerbt hat, hat die Chefin ja nichts vorzuweisen. Okay, auch noch die wuchtigen Holz- und Marmorplastiken, mit denen sie Haus und Garten dekoriert, Letzterer ein verwunschenes Reich mit knorrigen Eichen, Buchen und einem riesigen Walnussbaum. Stundenlang kann sie darüber erzählen. Wie über ihre vielen Fernreisen und die zahlreichen Bekannten, die meisten mehr oder weniger erfolgreiche Künstler und Künstlerinnen wie sie selbst oder alteingesessene Unternehmer, von denen nicht jeder so standesgemäß ist, wie er vorgibt.

Nehmen wir zum Beispiel Pjotr Huber. Sein Vater war der angesehenste Antiquitätenhändler in Regensburg, ein knallharter Geschäftsmann mit perfekten Manieren. Vor zwei Jahren ist er überraschend gestorben, und seither leitet Pjotr das Geschäft. Mehr schlecht als recht, wie man hört. Lieber treibt er sich überall dort herum, wo es etwas umsonst gibt. Spielt den Charmeur, prahlt mit vergangenen Erfolgen, versucht ständig, meiner Chefin das Meißner Porzellan abzuluchsen. Nicht mal bedankt hat er sich, als ich ihm nach dem fünfgängigen Menü auf Bettys Geburtstagsfeier Hut und Mantel reichte.

Zwei Tage später stand er dann plötzlich vor meiner Mansardenwohnung in der Charles-Palmie-Straße, eine Flasche billigen Whisky in der Hand. Anfangs dachte ich, er wollte mich zuerst abfüllen und anschließend in die Kiste mit mir. Aber ich vertrage einiges. Und außerdem war er aus einem anderen Grund gekommen.

Nach dem ersten Glas erfuhr ich, dass er seinen Namen hasste und es seiner Mutter, einer Konzertpianistin aus dem Spessart mit einer Vorliebe für Tschaikowski, immer noch verübelte, ihren einzigen Sohn nicht als Thomas oder Stefan ins Leben geschickt zu haben. Ausgerechnet Pjotr musste es sein. Doch es gibt schlimmere Schicksale. Vor allem, wenn man lieber das Spielcasino in Bad Füssing besucht, hätte ich fast gesagt. Das weiß ich von Bettys Köchin.

Antiquitätenhandel sei ein hartes Geschäft, jammerte er beim dritten und vierten Glas, und jeder müsse nun mal vorbauen für die Zukunft. So sexy Ex-Knacki-Bräute wie ich, genauso wie Einzelunternehmer mit nicht ganz so florierendem Laden.

„Da kommst du nie rein“, urteilte ich nach dem fünften Zuprosten. „Die Alarmanlage ist bombensicher.“

„Jede Alarmanlage hat mal einen Kurzen.“

„Vergiss es, Pjotr. Wenn die Chefin erfährt, dass ich dir den Tipp gegeben habe, bin ich meinen Job los. Und wo kriege ich einen neuen her?“

Eine solch unkonventionelle Arbeitgeberin wie die Baronin finde ich schließlich nie wieder. Die pfeift auf Lebensläufe. „Juwelenraub und Trickbetrügerei, wie amüsant“, meinte sie mit neckischem Lächeln, als ich ihr beim ersten Freigang die Kisten voller Werkzeug und Granitblöcke über die Straße schleppte.

„Nach diesem Coup brauchst du keinen Job mehr“, spöttelte Pjotr. „Da sonnst du dich für den Rest deines Lebens in der Südsee, Kleine.“

„Etwa mit Zwanzig zu Achtzig?“ Ich guckte ihn schief an. Die Südsee lockt mich nicht, und außerdem heiße ich Ruth. Ist das so schwer zu merken?

„Weniger Risiko, weniger Kohle.“

Ein schlagkräftiges Argument. Das leuchtete sogar meinem Niko ein, der selten mit etwas zufrieden ist und gerade in letzter Zeit an allem herummäkelt, was ich zu sagen habe. Wenn ich ihm rate, sich nach der Gesellenprüfung im Umkreis von Kallmünz nach geeigneten Räumen für seine Nobel-Confiserie in spe umzusehen, träumt er von Paris. Wenn ich an der Naab sonnenbaden will, will er nach Rio. Aber mich zieht es nicht in die Ferne. Und aus meinem Heimatort, diesem Kleinod im Oberpfälzer Jura, von dem sich schon Wassili Kandinsky und Gabriele Münter verzaubern ließen, gehe ich sowieso nicht weg.

Am selben Abend noch tüftelten Pjotr und ich den Plan aus. Klang ganz einfach: Die Baronin im Flieger nach New York, auf dem Weg zur Vernissage eines befreundeten Bildhauers, und die Köchin ohnehin schwerhörig. Der Tresor befindet sich im ersten Stock. Zweite Tür links, am Sekretär vorbei, hinter dem Ölschinken, auf dem sich lachende Nymphen und Faune tummeln, allesamt nackt und in erotische Spiele vertieft.

Einmal hab ich die Chefin überrascht, als sie vor dem geöffneten Safe in Jugenderinnerungen schwelgte. Die Juwelen von ihrem Hochzeitsfoto schimmerten an ihren Fingern und dem immer noch sagenhaften Dekolletee, im Safe funkelten ein Riesendiamant aus Indien und ein Brillanten-Diadem um die Wette, offenbar ein Geschenk von einem Banker, den sie bei einer Galerieeröffnung in Johannesburg kennenlernte. Wenn ich richtig rechnen kann, war sie damals schon verheiratet. Bei meiner Bemerkung lächelte sie nur versonnen, aber jedenfalls stand auf der Versicherungspolice im Sekretär was von einer Million.

Ob ich vielleicht die Zahlenkombination gesehen hätte, fragte Pjotr ungewohnt freundlich.

Klar hatte ich. Doch ich ließ ihn schmoren.

Nach zwanzig Minuten Herumgenörgle ging er zumindest ein wenig rauf mit den Prozenten, und ich beschaffte ihm den Zettel, auf dem meine Arbeitgeberin die paar Nummern notiert hatte. Man sieht ihr das reife Alter zwar nicht an, aber manchmal neigt sie zur Vergesslichkeit. Zwischendurch kam mir dieser böse kleine Verdacht, dass Pjotr nur deshalb auf Vierzig-Sechzig einging, weil er mich am Ende doch übers Ohr hauen wollte. Aber wie sollte er das Ding ohne mich drehen?

Und jetzt sitze ich hier, knabbere an meinen Kipferln und warte. Neun Minuten sind schon rum. Was passiert bloß da drin?

Wenn der Blödmann die Knarre benutzt, dann sind wir geliefert. Erstens wünsche ich der Köchin nichts Böses und zweitens kann ich kein Blut sehen. Konnte ich nie. Hab immer sauber gearbeitet, darauf geachtet, dass alles auf anständige Weise gelaufen ist. Du alte Zimperliese, lautete Nikos Kommentar zu diesem Punkt, von Gewissensbissen wird man nun mal nicht reich. Eigentlich hat er mich eher angegiftet. In letzter Zeit streiten wir ständig. Manchmal denke ich, er ist nur noch wegen den Vanillekipferln bei mir. Er liebt es, wenn ich mir beim Genuss seiner Leckereien die Lippen lecke.

Wieder ein Blick auf die Uhr. Zwölf Minuten. Wie lange dauert das denn noch? Wer hat eigentlich behauptet, dass die Zeit verfliegt? Wenn man wartet, angespannt, atemlos, dann scheint sie nicht in die Gänge zu kommen. Also denke ich an das Knistern der Scheine, die ich bald in Händen halten werde, an die vielen schönen Zahlen auf meinem Konto.

Ein Surren zerreißt die Stille.

Wie in Trance greife ich nach dem Handy. „Ja?"

„Es ist soweit."

Als Stärkung schiebe ich mir ein letztes Vanillekipferl in den Mund. Dann schlüpfe ich in die Handschuhe, steige aus dem Wagen, schleiche in den Garten, die Terrassenstufen hinauf, leise, ganz leise, durch die angelehnte Glastür, den nachtdunklen Salon, über die Treppe in die erste Etage.

Die zweite Tür links steht offen, ein kleines schummeriges Licht zeigt mir den Weg, mein Herz klopft viel zu laut. Das Ölbild ist zur Seite geklappt, der Tresor geöffnet. Es glimmert und glitzert so sehr, dass mir schwindelig wird. Auf dem Boden vor dem Sekretär liegt eine zusammengekrümmte Gestalt. Nirgendwo ein Tropfen Blut, zum Glück.

„Da rüber", raunt mir mein Gegenüber zu, das wie ein Schatten im Dunkel lauert und etwas Helles, Klobiges in den Händen hält.

Widerwillig packe ich die schlaffen Arme, ziehe den reglosen Körper zu der angewiesenen Stelle, gehe in die Knie, taste nach dem Puls. Nichts. Ein schneller Blick zu den Fenstern. Alles zu. Die Holzläden lassen keinen Schein nach draußen und keine neugierigen Blicke ins Innere.

Schon bin ich beim Safe, stecke die Juwelen in Pjotrs Beutel, der zu Boden gefallen ist, schiebe ihn mir unter den Pullover. Da sehe ich doch ein paar hässliche rote Flecken auf dem Perserteppich.

„Wir machen alles wie besprochen?", vergewissere ich mich. Auch an meinen Handschuhen klebt Blut, stelle ich erschrocken fest. Mir wird speiübel.

„Natürlich“, sagt Baronin Bettina mit dieser sanft perlenden Stimme, die mich wie so vieles an ihr von Anfang an verführt hat. „Du tauschst den Schmuck gegen Bares, ich lasse mir den Schaden von der Versicherung ersetzen, und dann wird ehrlich geteilt.“

Sie trägt ihren getigerten Morgenmantel, wie herrlich er doch ihre sanften Rundungen betont, und stellt die Statue aus weißem Carraramarmor, die ich gestern noch abgestaubt habe, auf den Sekretär. Die badende Venus, auch sie ist voller Blut. Mit einer eleganten Bewegung hebt Betty dann den Revolver auf, der Pjotr bei dem Schlag auf den Hinterkopf aus der Hand gefallen sein muss.

„Also Fifty-Fifty?“ Angeekelt wische ich mir die Hände an der Hose ab und versuche, meinen rebellierenden Magen zu ignorieren.

Sie muss nicht wissen, wie mein eigener Plan aussieht. Sobald die Hälfte des Geldes von der Versicherung auf meinem Nummernkonto eingeht, fahre ich mit Niko und den Juwelen in den Süden. Nach langem Hin und Her hat er dem Urlaub an der Adria, meinem letzten Friedensangebot, dann doch zugestimmt. Und ich musste mich schließlich auch entscheiden. Entweder für Betty und ihre nervigen Fernreisen oder für Niko und seine göttlichen Vanillekipferl.

Meine Chefin nickt versonnen, als könne sie meine Gedanken lesen, und greift in ein Silberschälchen. Es steht neben der Venus und verströmt einen betörenden Duft.

Wieder reibe ich meine Finger an der Hose. Aber das verdammte Blut geht einfach nicht ab. Inzwischen ist mir so schlecht, dass ich mich sogar am Sekretär festhalten muss. Auch der Geruch aus dem Schälchen irritiert mich, er passt nicht hierher.

„Die Bullen werden Augen machen, wenn ihnen der Raubmörder aus der Ostdeutschen Galerie in den Schoß fällt“, sage ich, und meine Stimme klingt so matt, dass ich sie kaum wiedererkenne. Niko hat ja recht, Gewissensbisse bringen nichts. „Kompliment, ein wirklich gezielter Schlag.“

„Ich wusste schon bei meinem Mann, wo ich zuschlagen muss." Betty kichert. „Seit fünfzehn Jahren liegt er jetzt draußen unter dem Walnussbaum."

Während ich grüble, woher mir der bittersüße Duft so vertraut ist, beginnt sie an etwas zu knabbern. Es scheint ihr zu schmecken. Ihr engelsgleiches Gesicht – im dämmerigen Lichtschein sieht es aus wie auf den Schnappschüssen im Salon – leuchtet mir verzückt entgegen. Mir hingegen dreht sich nun endgültig der Magen um. Ich muss hier raus.

„So, ich muss jetzt für New York packen." Sie leckt sich die Lippen und schnurrt wie ein sattes Kätzchen. „Und du, Chérie, verschwindest jetzt lieber."

Sie hat recht. Sobald sie die Alarmanlage angeschaltet hat, wird es keine zehn Minuten dauern, bis es hier vor Polizisten wimmelt. Bei meiner Vorgeschichte denken die sicher gleich an mich. Aber bis dahin bin ich längst bei Niko, der mir ein Alibi verschaffen wird.

Betty gibt mir keinen Abschiedskuss, sondern spielt mit dem Revolver, den sie immer noch in der Hand hält. Erst jetzt sehe ich, dass sie Handschuhe trägt. Ohne ein Wort drehe ich mich um, stolpere zur Tür, benommen und verwirrt. Und endlich wird mir klar, woher ich diesen Geruch kenne.

Bourbon-Vanille …

Und obwohl er gerade die versprochenen Kipferl für mich backen sollte, steht Niko plötzlich vor mir in der Tür. Wie ein junger Gott sieht er aus, mit seinem prachtvollen Six-Pack, der edlen schmalen Nase und den herrlich blauen Augen, die mich so kalt mustern, als wären sie aus purem Eis. Er streckt die Hand aus.

„Gib mir den Schmuck, Ruth", sagt er lässig.

Auf einmal weiß ich, für wen er in Zukunft meine geliebten Vanillekipferl backen wird. Aber noch bevor ich etwas sagen kann, blitzt schräg hinter mir beim Sekretär etwas metallisch Glänzendes auf. Im selben Moment höre ich ein leises Klicken, und in der nächsten Sekunde kracht es schon.

Schlesische Weihnachts-Tunke

(Am Vortag kochen)

Zutaten für 6–8 Personen:

Suppengemüse: ca. 1 Pastinake, 1 Zwiebel, 1 Petersilienwurzel,
1 Stück Sellerie, ½ Lauch, 3 Karotten
Eine Scheibe geräuchertes Wammerl/Rauchfleisch
400 g Holländischer Frühstückskuchen (meine Oma sagte Fischpfefferkuchen dazu)
½ Flasche Helles Bier, ½ Flasche Malzbier
200 g Butter, Mehl
1 Lorbeerblatt, 3 Nelken, Zitrone, Altmeister-Essig, Zucker, Salz, Pfeffer
Gestiftelte Mandeln, Rosinen
Rohpolnische Würste, Sauerkraut, Hefeklöße

Zubereitung:

Das Suppengemüse mit dem Wammerl ca. 1 ½ Stunden in 3 Liter gesalzenem Wasser köcheln lassen. Inzwischen den Frühstückskuchen klein schneiden und in Bier und Karamalz einweichen. Den Rest des Bieres genüsslich austrinken.
Das Suppengemüse abseihen, die Lebkuchenpampe pürieren.
Eine Einbrenne aus 200 g Butter und 3 EL Mehl mit der Gemüsebrühe ablöschen. Kurz köcheln lassen. Die Lebkuchenpampe dazugeben. Außerdem zwei Zitronenscheiben und eine mit Nelken und Lorbeerblatt gespickte Zwiebel. Würzen mit Salz, Pfeffer, einem Schuss Altmeister-Essig, Zucker, Zitronensaft und Gemüsebrühen-Pulver. Je zwei Handvoll gestiftelte Mandeln und Rosinen dazugeben. Dann die Rohpolnischen Würste. Auf schwacher Hitze köcheln lassen, bis diese durchgezogen sind. Immer wieder umrühren, damit die zähflüssige Tunke nicht anbrennt. Wer mag, kann auch weiße Kalbsbratwürste dazugeben, aber die Rohpolnischen geben der Tunke Geschmack.
Nach ca. 1 Stunde die gespickte Zwiebel rausfischen und die Tunke bis zum nächsten Tag durchziehen lassen. Vor dem Essen nachwürzen.

Dazu gibt's Sauerkraut und Hefeklöße aus 500 g Mehl, 1 Trockenhefe, 1-2 Eiern, ¼ l warmer Milch, 60 g geschmolzener Butter, 40 g Zucker und einer Prise Salz. Die gegangenen Klöße – nix für unguat, aber Knödel kannten die Schlesier nicht – über Wasserdampf 20 Minuten aufgehen lassen.

Edith Maria Ascher

SCHLESISCHE WEIHNACHTS-TUNKE

„Einen Eisschrank hatten wir damals auch schon. So einen gedämmten Holzkasten mit einem Kühlfach aus Zinkblech. Unten dran war ein Ablauf und an der Seite die Lade für Eis. Der Eismann hat es jede Woche geliefert. Aber nur im Hochsommer. Ansonsten hat uns die kalte Speisekammer oder der Keller genügt. Wir waren damals noch bescheidener, Kind. Geschadet hat es uns nicht!"

„Was habt ihr damals eigentlich so gekocht?"

„Meine Mutter hat die Pommer'sche Küche ihrer Mutter geliebt. Es gab viel Fisch und zu Weihnachten Spickgans mit Grünkohl." Mit einem satten Lächeln sah meine Oma zum alten Weinkeller der Burg. „Mit schlesischem Wein aus Grünberg! Und einem Kuss mit Liebe!"

Auf meinen fragenden Blick hin erklärte sie: „Ein Likör. Echte Glatzer Kroatzbeere mit Kakao und Nusslikör."

„Kroatzbeere?"

„Kratzige Waldbrombeere", erwiderte sie lachend.

Zu ihrem 83. Geburtstag hatte ich meiner Oma einen Ausflug zur Burg Trausnitz geschenkt. In meiner Armbeuge fest verankert war sie durch den herbstlichen Hofgarten gewackelt und so hatten wir schrittchenweise die Brücke vor dem Burgtor erreicht. Gut gelaunt lehnten wir nun an der steinernen Brüstung und sahen in die Tiefe des Burggrabens. Unter uns lag der alte Eiskeller der Burg. Der Burgkastellan hatte mir das brunnenartige Gebilde mit dem spitz gemauerten Eingang kürzlich gezeigt. Im 16. Jahrhundert aus Ziegeln errichtet, bot der neun Meter tiefe Raum gleichmäßige Kälte. Ein perfektes Lager für die Lebensmittel des herzoglichen Hofes! Nicht nur für Fleisch, sondern auch für das im 17. Jahrhundert beliebte Sorbet aus gefrorenen Früchten.

Eine Touristengruppe lief vorbei, eine Amsel schoss schimpfend in Richtung Stadt, wir plauderten über Kochrezepte, schlenderten in den Burghof, ließen uns auf einer sonnigen Bank nieder und unser Gespräch drehte sich weiter zum Weihnachtsessen.

„Sag mal, wieso schimpfst du eigentlich immer über die Tunke?“, fragte ich.

Das diffuse Murmeln meiner Oma ließ einen gewissen Unwillen erahnen. Angespannt knetete sie die Bügel ihrer Handtasche und ich betrachtete ihre Hände, diese treuen Begleiter ihres Daseins. Der Ehering über dem kraftvollen Gewirk aus Falten, Adern und Knochen war abgenutzt und ihr zu groß geworden. Leben hautnah.

Oma rutschte in den Schatten und öffnete ihren sandfarbenen Mantel. Nichts erinnerte mehr an die alte Fotografie von ihr, die ich so mochte. Die einst vergnügte junge Frau in dem sommerlich leichten Zwanziger-Jahre-Kleid hatte sich in die Unscheinbarkeit zurückgezogen. Selbst ihre mit Spray gestärkten Haare widersetzten sich beharrlich den Böen, die munter durch den menschenleeren Hof der Landshuter Herzogsburg tanzten.

„Ich habe deinen Opa geliebt!“, sagte sie endlich.

Eine merkwürdige Antwort auf meine Frage.

„Wusstest du, dass damals fast vierzehntausend Flüchtlinge nach Landshut gekommen sind?“

„Wusste ich nicht. Du warst vorher noch in Thüringen, oder?“

„1945 sind wir Schlesier vor der russischen Armee aus Neiße geflohen. Bei eisiger Kälte. Dein Opa war in der Zeit in Norwegen stationiert. Deine Mutter war fünf Jahre alt. Wir sind bei einer Bekannten in Thüringen untergekommen, und ich habe bei einem Schuster gearbeitet. Unter einfachsten Bedingungen haben wir dort gelebt! Erst 1946 durfte dein Opa uns nach Landshut holen, aus der russischen in die amerikanische Zone. Am Anfang war es sehr schwer. Keine vertrauten Freunde mehr. Meine Mutter war gestorben, mein Vater bald danach. Doch es war Frieden! Wir haben uns angestrengt und wir haben uns in dieser fremden Gegend eingelebt. Landshut war fast so schön wie Neiße, aber nur fast." Sie lächelte und ihre Aufmerksamkeit wandte sich einer Taube zu, die gierig den Boden nach Krümeln absuchte. „Auf dem Schönen Brunnen in Neiße sind auch immer viele Tauben gesessen."

„Gut, dass ihr hierher gekommen seid. Ich liebe LA!"

Sie nickte gedankenverloren. „Mein Mann und mein Kind waren am Leben. Das war das Wichtigste! Und obwohl wir die Heimat verloren hatten, waren wir zuversichtlich. Unser Leben war wirklich harmonisch, bis …" Sie verstummte, und ihr Mund wurde schmal.

Verwundert über den Verlauf dieses Nachmittags, musterte ich sie. Dieser harmlose Geburtstagsausflug schien auf eine Offenbarung hinauszulaufen.

„Es war harmonisch, bis …?", lockte ich.

Ein schweres Seufzen. „Bis seine Mutter zu uns gezogen ist. Erich hat darauf bestanden. Es war das einzige Mal, dass dein gutmütiger Opa mit der Faust auf den Tisch geschlagen hat. ‚Meine Mutter kommt ins Haus!', hat er gesagt. Er wollte sie bei uns haben. Damit er sich um sie kümmern kann!" Oma legte eine theatralische Pause ein. „Aber die Einzige, die sich um seine Mutter gekümmert hat, war ich!"

Ich schwieg verdutzt. Anscheinend war ich in der Trübe der Tunke auf einen familiären Abgrund gestoßen.

„Meinen geliebten Erich würde ich immer wieder heiraten", fuhr Oma mit Inbrunst fort, „aber nie mehr würde ich meine Schwiegermutter zu mir nehmen! 14 Jahre meines Lebens hat sie mir vergällt!"

Sie zog ein Stofftaschentuch aus der Tasche und vertrieb mit ihrem lauten Schnäuzen die Tauben.

„Du mochtest sie nicht?"

„Sie nicht und ihre verfluchte Tunke auch nicht", raunte meine Oma.

Ich schwieg irritiert. Seit 70 Jahren war die schlesische Tunke das – beinahe sakrosankte – Weihnachtsessen unserer Familie. Eine Art Goldenes Kalb, um das sich alljährlich die Familie versammelte, um dieser lebkuchenbraunen Tradition ihrer Altvorderen zu huldigen und deren erschlagende Fülle mit dem Klang von Schnapsgläsern zu preisen. Bisher ein harmonischer, ein wahrhaft feierlicher Akt! Abgerundet mit Würsten, Sauerkraut und Hefeklößen. Über Wasserdampf gegart, waren diese dicken weißen Bollen nicht nur ein imposanter Augenschmaus, sondern ein bemerkenswerter Magenfüller. Opa liebte den sämigen Brei, in dem sich Rosinen und Mandeln wohlig aalten. In stillem Genuss hatte er die braune Soße über die Klöße gegossen. Eine sinnliche Gaumenfreude, die auch Erinnerung war: an die Heimat Schlesien. Die Tunke war Familientradition, die Rezeptur ein Vermächtnis meiner Oma. So meinte ich bisher.

Eine schnatternde Besuchergruppe drängte aus der Tür des Kassenbereiches. In dem großen Raum hatten früher die Köche der Hofküche gehackt und geschmort. Im Zerwirk-Gewölbe daneben waren die Hirsche des Hofgartens ausgeblutet. Die Uhr schlug Zwölf, und mein Blick wanderte weiter zum Torhaus. Ein uraltes mechanisches Werk hielt die Uhr der Trausnitz am Laufen. Täglich musste es vom Burgkastellan mit einer Kurbel neu aufgezogen werden. Wie viele Jahrzehnte lief es wohl schon? Wie verwoben doch die Vergangenheit mit der Gegenwart war. Meine Familiengeschichte – ein aus Zufällen geknüpfter Teppich, der fortwährend weiter gewebt wurde. Aus dunklen und aus hellen Fäden.

Heute schien sich ein bisher unauffälliger Teil des Familiengemenges zeigen zu wollen: Meine Urgroßmutter Ida. Bisher kaum wahrgenommen. Als „iberflissig“ erachtet. In unserer Wohnung hängt ein Bild von Idas Silberhochzeit. Ida ist Mitte fünfzig. Ihre Hände sind zu Fäusten geballt, ihr Blick ist ernst, der Mund blass und verschlossen. Hatte sie nichts zu erzählen? Nichts zu sagen? Viele dunkle Fäden hatten ihr Leben durchzogen. Ihr Mann war schon 1932 gestorben, einer ihrer Söhne kurz danach. Alleine ist Ida aus ihrer Heimat geflohen und landete, wie auch immer, in Westfalen. Die einzige Erinnerung daran: Sie schickte von dort rohe Eier an ihre Schwiegertochter, was diese, beim Auspacken des klebrigen Debakels, als weiteren Beweis für deren Dummheit ansah.

1949 ist Ida in die kleine Wohnung ihres Sohnes und ihrer Schwiegertochter nach Landshut gezogen. Meiner Oma, die alles für „ihren“ Erich tat, war die Anwesenheit ihrer Schwiegermutter von Anfang an eine Qual. Und eine Zumutung. Sie hat meine Oma, die ich immer als großherzige Frau erlebt habe, an ihre Grenze gebracht. Noch heute, während wir im beschaulichen Hof der Burg Trausnitz saßen, wurde ihr Blick bitter und ihre Worte bissig, wenn sie von Ida sprach.

„Wie war Ida denn so?“, fragte ich.

„Eigentlich stumm. Ein schwarzer Klumpen, der stumm im Sessel saß. Über was hätte ich mich mit ihr schon unterhalten sollen?“

Die unverhohlene Abneigung meiner Oma brachte mich zum Schmunzeln, zumal ihr herablassender Tonfall eine weitere Zutat des trüben Gemenges offenbarte: Meine Oma hat sich und ihre Ursprungsfamilie seit jeher als etwas Besseres empfunden. Ihr Vater war Leiter des Finanzamtes Neiße gewesen, seine Töchter hatten Klavier- und Schwimmunterricht erhalten. Ihre schöne und vornehme Mutter stammte aus Stettin, und ihr Großvater war ein unehelicher Sohn des Zaren. So hieß es. Eine durch nichts zu belegende Aussage, die sich so stur hielt wie jegliches andere Gerücht.

Ob in ihrer edlen Familie die einfache Tunke zu Weihnachten gekocht wurde? Wohl eher nicht. Die Soße war eher ein Arme-Leute-Gericht, eine abenteuerliche, aber geniale Mischung aus Resten, ein deftiges Bauernessen, das Ida und Erich kannten und liebten.

Die Jahre vergingen, sie flossen nicht mehr die Neiße, sondern die Isar hinab. Der Burgkastellan zog weiter das Uhrwerk auf und die schlesischen Flüchtlinge lebten sich in Landshut ein. Meine Oma kochte, erledigte den Haushalt und konnte ab 1956 wieder als Buchhalterin arbeiten. Ihr Mann arbeitete als Elektriker, die Tochter ging in die Schule und der schwarze Klumpen vegetierte weiter in seinem Sessel dahin.

„Muttel, ist alles in Ordnung?“, fragte der Sohn Erich, wenn er am Abend von der Arbeit kam.

„Ich bin iberflissig!“, erwiderte Ida. Ein Standardspruch von ihr.

Dann kam Weihnachten.

„Lass Muttel an Weihnachten kochen! Ich will endlich wieder die Tunke essen!“

Die Einwilligung war für meine Oma sicher ein Kampf. Die Übernahme der Küche durch ihre Schwiegermutter ein angespannter Waffenstillstand. Geschlossen nicht für Ida, sondern zum Wohle ihres geliebten Erichs.

„Die scheiß Tunke!“ Der Ausspruch wird mir im Gedächtnis bleiben.

Meine Oma hasste die Tunke!

Nichtsdestotrotz ist die Schlesische Tunke unser traditionelles Weihnachtsessen geblieben. Und nicht nur in unserer Familie. Jedes Jahr begebe ich mich bereits Anfang Dezember auf die Suche nach einer wichtigen Zutat: dem Holländischen Frühstückskuchen. Schnell leer gefegte Regale sind mir stumme Zeugen des großen Tunkenkochens. Gekauft von all den Nachkommen der Schlesier, für die Weihnachten nur wahr ist, wenn es nach Tunke schmeckt.

Blaukraut
(nicht Rotkohl)

Zutaten für 2 Personen:

500 g Blaukraut
1 süßer Apfel
½ Zwiebel
125 ml Wasser
½ EL Zucker
2 EL Öl
1 Schuss Rotwein
1 Schuss Essig
1 Lorbeerblatt
Honig
Salz
Pfeffer

Die Zubereitung:

1. Das Blaukraut waschen und hobeln.
2. Die Zwiebeln schälen, schneiden und danach mit Öl im Topf kurz anbraten.
3. Den geschälten Apfel in kleinen Stücken zu den Zwiebeln geben. Mit dem Zucker 5 Minuten dünsten lassen.
4. Das Blaukraut mit in den Topf geben und den Essig dazugeben. Mit geschlossenem Deckel 10 Minuten dünsten lassen.
5. Nun das Wasser hineingießen, das Lorbeerblatt unterrühren und dann eine gute halbe Stunde dünsten lassen.
6. Zum Schluss mit Rotwein, Salz und Pfeffer abschmecken, heiß servieren.

Fabian Bader

VON ZWEI BRÜCKEN

Weit von Franken komm' ich her und ich muss euch sagen, da ist man kein Oberpfälzer mehr.

Oder zumindest wird mir Ähnliches ständig gesagt, seitdem ich vom schönen Würzburg ins traumhafte Regensburg gezogen bin. So viel zur hiesigen Gastfreundschaft und Weltoffenheit übrigens. Trotzdem winkt man das mit einem Lächeln ab und denkt, was sollen 200 Kilometer schon für einen Unterschied machen? Schließlich wohnt man noch im selben Bundesland. Was machen zwei Stunden Autofahrt und ein halbe Stunde Stau bei Nürnberg schon aus? Wie unterschiedlich können Menschen, die für 25 Euro theoretisch mit einem Bayern-Ticket verbunden sind, überhaupt sein?

Mein Erfahrungsbericht:

Der offensichtlichste Unterschied, der einem gleich am ersten Tag ins Auge springt, oder besser gesagt ins Ohr segelt, ist selbstverständlich der örtliche Dialekt. In Franken herrscht eine große Neigung zur Wortlenisierung und Schleifung der Endsilben. Einfach gesagt, dort gibt es kein T, K, P, sondern nur D, G, B – und keiner macht den Mund richtig auf, sondern nuschelt nur vor sich hin. Somit kann ich verstehen, dass der gemeine Franke außerhalb seiner Heimatregion manchmal etwas schwerer zu verstehen ist. Aber was ihr hier macht, ist nicht nur eine andere Hausnummer, sondern eine ganz andere Postleitzahl! Wo der Franke die Gosch' nicht aufbekommt, schafft man es im Umland Regensburgs anscheinend überhaupt nicht die Lippen zu formen – und Wörter fallen plump und bäuerlich aus dem Mund auf den Boden. Verlässt man die Stadt nur wenige Kilometer, werden das Mädchen und ihr Bruder zum Moadl und ihrem Brouder oder gar Brauoder. Diese auftretende Dialekterscheinung nennt sich dann gestürzte Diphthongierung und wurde bereits 1794 vom Philosoph Gottsched als so verstörend empfunden, dass er dem Dialekt ein Klagelied widmete. Ich kann 227 Jahre später beifügen, dass es immer noch lange und viele Biere dauert, bis man es sexy findet, damit nachts in einer Diskothek angesprochen zu werden.

Bier bringt uns übrigens direkt zum nächsten Punkt auf meiner Liste: dem Alkoholgenuss. Selbstverständlich wird in Würzburg, wie in Regensburg, gern getrunken und ich unterschreibe weder für Franken noch für hier, dass eine der beiden Regionen trinkfester ist. Alle Winzer und alle Brauer, die ich kennengelernt habe, behaupten zwar, nur sie hier könnten richtig trinken, aber glauben Sie mir: Alkoholprobleme sehen überall gleich aus. Jedoch was getrunken wird, macht eben den großen Unterschied. Je nachdem, wo ich einen Schoppen bestelle, bekomme ich entweder einen Wein oder beim ersten Mal überraschenderweise ein Bier. Selbstverständlich bin ich beidem selten abgeneigt, aber auf was sich der Magen um zehn Uhr einstellen muss, wenn man zum Frühschoppen verabredet ist, unterscheidet Würzburg und Regensburg fundamental: Der Boxbeutel – mit dem ich aufgewachsen bin – und zwei fein geschwungene 0,2 Weingläser, in denen sich funkelnd die Sonnenstrahlen brechen – oder a Hoibe. Man merkt hoffentlich, worauf ich hinausmöchte, aber zu meiner großen Überraschung bevorzugte ich nach nur wenigen Monaten hier a Hoibe.

Selbstverständlich buhlen Würzburg und Regensburg nicht allein um meine Gunst, sondern rivalisieren als ungefähr gleichgroße Städte Bayerns in verschiedenen Punkten immer wieder miteinander. Um ein Beispiel zu nennen, haben sich beide Städte 2013 für den neuen Prunkbau unseres bayerischen Ministerpräsidenten beworben: Beide wollten das Haus der bayerischen Geschichte in ihrer Stadt wissen. Während Würzburg es dabei nicht schaffte, mehr als einen verlotterten Parkplatz und ein asbestverseuchtes – perverserweise immer noch teilgenutztes – Schulgebäude anzubieten, zeigte Regensburg, wozu die Stadt fähig ist. Direkt an der Donau, Bestlage, ein historisch bedeutender Ausgrabungsfund während der Bauarbeiten darunter, alles egal. Alles für die Bayerische Krone. Wer am Ende gewonnen hat, wissen wir selbstverständlich. Oder wiederum auch nicht, wenn man sich das Gebäude einmal ansieht. Politik ist nun einmal kompliziert.

Aber ehrlich gesagt, gibt es nur eine Disziplin, in der sich die Reichsstadt und die Fürstbischöfliche Stadt wirklich miteinander messen. In puncto Altstadt gewinnt klar Regensburg, da Würzburg nach dem zweiten Weltkrieg zu den am schlimmsten zerbombten Städten Deutschlands zählt. Schaut man auf die ehrwürdigen Universitäten, ist es genauso eindeutig. Im Jahre 1962 gegründet, kann die Geschichte der Regensburger Uni lediglich als putzig bezeichnet werden, vergleicht man sie mit der Julius-Maximilian Universität, die 1402 ins Leben gerufen wurde.

Also ist es wieder wie immer im Leben. Am Ende kommt es auf die banalen, brachialen, martialischen Dinge an: Wer hat die längere, härtere – ältere – Steinbogenbrücke?

Widmen wir uns nun kurz diesen beiden Wahrzeichen beziehungsweise dem architekturgeschichtlichen Phallusstreit der Städte. Wenn es nur auf die Länge ankommt, ist es klar, denn die Steinerne Brücke, die Regensburg und Stadtamhof verbindet, misst heute 308 Meter, die Alte Mainbrücke hingegen nur 185 Meter. Aber ist Länge alles, worauf es ankommt? Ist es so einfach im Leben? Natürlich nicht. Worum sich wirklich gestritten wird, ist, wer die ältere Brücke hat. Ganz klar und eindeutig ist diese Frage leider nicht zu beantworten. Ebenso wenig, wie eine Antwort darauf zu finden, wie und woran sich der Würzburger und der Regensburger unterscheiden. Aufgepasst, jetzt wird es kompliziert: Der Baubeginn der Steinerne Brücke ist auf das Jahr 1135 zu verorten, wohingegen die „neue“ Alte Mainbrücke erst 1476 begonnen wurde zu bauen. Allerdings stand davor in Würzburg an ihrer Stelle schon eine andere Brücke aus Stein, und zwar ungefähr seit dem Jahr 1120. Da war die Regensburger Brücke hingegen noch aus Holz. Noch dazu wurden beide Brücken im Verlauf der Jahrhunderte natürlich mehrfach umgebaut und renoviert – und optisch gewinnt heute die Alte Mainbrücke spätestens seit der Renovierung der Steinernen Brücke hier das Prädikat „älter“. Wie angekündigt, ist es kompliziert, wie das meiste im Leben – und dann auch wieder überhaupt nicht.

Denn trotz des Dialekts, der Umstellung von Wein auf Bier und einer anderen Brücke, habe ich mich entschieden in Regensburg zu bleiben. Ich gehe lieber am Bruckmandl vorbei, als an den alten Würzburger Brückenheiligen. Das liegt gänzlich an den Menschen hier, denn von diesen wurde ich vor mittlerweile über fünf Jahren in kürzester Zeit herzlich und ehrlich willkommen geheißen. Und dafür bin ich dankbar.

Aber eine Sache verstehe ich selbst nach all dieser Zeit nicht. Ein kleines, aber entscheidendes Detail. Sprichwörtlich eine Geschmacksfrage, und zwar eine, die mich in manchem Moment an meiner Entscheidung zweifeln lässt. An der ich sehe, was 200 Kilometer Entfernung, zwei Stunden Autofahrt und eine halbe Stunde Stau bei Nürnberg anrichten können. Wieder ist es etwas ganz Banales. Wie in meiner Heimat sitze ich in einem Biergarten. Die Sonne scheint, der Himmel ist weiß-blau, das Bier schmeckt und ich freue mich auf die bayerische Küche. Vor mir dampfen zwei Knödel und ein Sonntagsbraten. Doch dann: Weißkraut statt Blaukraut als Beilage! Wieso säuerlich statt himmlisch süßen Genuss für die Zunge? Wie könnt ihr nur?

Schweinemedaillons in Champignon-Sahnesoße

Zutaten für 4 Personen:

Ein Schweinefilet
250 g braune Champignons
Butter
50 g klein geschnittene Speckwürfel
50 g klein geschnittene Zwiebel
1 Becher Sahne
Mehl
¼ l Milch
Zitronensaft
Ketchup
Salz, Pfeffer, geschnittener Rosmarin

Zubereitung:

Das Filet in dicke Scheiben schneiden (3-4 cm). Sacht klopfen und in etwas Öl von beiden Seiten scharf anbraten. Fleischstücke aus der Pfanne nehmen und beiseitestellen. Temperatur herunterdrehen, damit die Butter nicht braun wird. In der Pfanne ein großes Stück Butter schmelzen, Speck- und Zwiebelwürfel vorsichtig anbraten, in Scheiben geschnittene Champignons dazugeben und anschmoren. Ein Esslöffel Mehl darüber, mit Milch ablöschen, die Sahne dazu, aufkochen. Soße abschmecken mit Salz, Pfeffer, reichlich Rosmarin und einem kräftigen Spritzer Ketchup und Zitronensaft.
Am Ende die Filetstücke in die Soße legen und noch einmal warm werden lassen.

Beilagen:

z.B. Spätzle, Blumenkohl oder Broccoli

Wolfgang Burger

WIEDER MAL IN BERCHING

Es ist wieder mal soweit. Er singt wieder im Bad. Sie muss wieder in die Apotheke. Natürlich weiß sie auch diesmal, wer es ist. Die Neue aus der Exportabteilung ist es. Anfangs hat er ja viel von ihr erzählt. Klug sei sie, fast frech und vorne so und hinten so, und dann hat er auf einmal nichts mehr von ihr erzählt. Dafür hat er wieder begonnen, nach Neustadt ins Fitness-Studio zu fahren, zweimal die Woche. Hinterher ist zwar immer sein Handtuch feucht, denn dumm ist er ja nicht, aber die Seife, die ist ganz trocken, und sie ist ja schließlich auch nicht dumm. Auch das teure Rasierwasser benutzt er auf einmal, das sie ihm zum letzten Geburtstag geschenkt hat und so lange immer nur rumstand. Und jetzt singt er wieder im Bad, und sie muss wieder mal in die Berchinger Sankt-Lorenz-Apotheke zur Frau Brenner.

Wie gut, dass die ihr damals den Tipp mit den Tropfen gegeben und einen Vorrat zurückgelegt hat, als die Firma die Herstellung aufgab. Diese Tropfen, die man Hunden gibt, Rüden, damit sie nicht diese ekligen Sachen machen. Denn die Tabletten, die heutzutage verkauft werden, wirken bei Hunden schlecht und bei Männern fast gar nicht. Außerdem sind sie nicht farblos, so dass sie sie nur in Rotwein tun kann, und den trinkt er nicht so gern. Und sie machen auch mehr

Arbeit, weil man sie vorher in Wasser auflösen muss. Sie kann sie ihm ja schlecht ins Futter mischen, wie es auf der Packung steht. Frau Brenner benutzt die Tropfen auch manchmal, wenn es bei ihrem Gatten wieder mal soweit ist. Nicht so oft, aber hin und wieder schon. Das tröstet sie dann immer ein bisschen.

Wenn er abends die Tropfen in seinen Riesling bekommt, dann schläft er nachts viel besser, nach ein paar Tagen hört er auf, im Bad zu singen, und nach zwei, drei Wochen fährt er dann auch nicht mehr nach Neustadt ins Fitness-Studio. In diesen Zeiten ist er natürlich immer ein bisschen niedergeschlagen, und sie kocht ihm zum Trost seine Lieblingsgerichte, denn die Liebe geht ja bekanntlich durch den Magen. Am allerliebsten mag er Schweinemedaillons in Champignon-Sahne-Soße. Wenn er die kriegt, dann ist er für ein paar Stunden tatsächlich fast wieder so wie früher.

Nur einmal, bei dieser Bibliothekarin, dieser schwarzhaarigen, da hat es nicht aufgehört, und auch die Schweinemedaillons haben nichts geholfen. Der Teufel mag wissen, was die getrieben haben, es hat einfach nicht aufgehört. Da musste sie ihm schließlich von dem Pulver in den Wein tun, das sie für den Wellensittich hat, gegen die Milben. Da hat er zwar geschimpft, der Riesling würde nach Kork schmecken, hat ihn aber am Ende trotzdem getrunken, weil er nicht gern was verkommen lässt. Dann hat er diese fürchterlichen Blähungen gekriegt, und dann war es auch mit der Liebe der Bibliothekarin irgendwann vorbei. Wenn er nur nicht so schrecklich viele Haare verloren hätte damals. Hoffentlich muss sie das nicht noch mal machen, denn danach hätte er bestimmt eine Glatze. Und das wäre ja nicht schön, so gar keine Haare auf dem Kopf, in seinem Alter.

Kartoffelsalat – garantiert traumafrei

Zutaten:

1 kg festkochende Kartoffeln
¼ l Gemüsebrühe
3 EL Essig
4 EL Öl
1 TL mittelscharfer Senf
2 Gewürzgurken
1 Zwiebel
1 Zehe Knoblauch
Salz, Pfeffer, nach Belieben Petersilie oder Chiliflocken

Zubereitung:

Die Kartoffeln kochen, schälen und noch warm in Scheiben schneiden. Zwiebel und Knoblauch fein schneiden und in 1 EL Öl kurz anschwitzen. Zusammen mit den fein gewürfelten Gewürzgurken über die Kartoffeln geben.
Marinade aus Gemüsebrühe, Senf, Essig und Öl herstellen und mit Salz und Pfeffer abschmecken.
Alles über die Kartoffeln geben und gut durchmischen.
Nach Belieben mit Petersilie oder Chiliflocken garnieren.

Marie-Anne Ernst

KARTOFFELSALAT-TRAUMA

„Typisch! Die Drecksarbeit geben sie wie immer den Küken", meckerte Alissa, als sie aus dem Einsatzwagen sprang und die Sauerei an der Großen Regenbrücke in Nittenau in Augenschein nahm. Der Fahrer eines Kühltransporters hatte die Behelfsbrücke an der Baustelle zu sportlich genommen und eine Schneise der Verwüstung geschlagen. Der Schlingerfahrt waren sämtliche Verkehrsleitbaken zum Opfer gefallen, das Geländer war mehrfach touchiert und zu allem Überfluss waren die Türen aufgesprungen und die geladenen Lebensmittel hatten sich über die Straße verteilt. Überall lagen aufgeplatzte Kartons und Plastikbehälter. Der Fahrer wurde noch von der Polizei in die Mangel genommen, aber der Abschleppwagen war schon vor Ort und Alissa und ihre Kollegen von der Feuerwehr waren zum Aufräumen gerufen worden.

„Glaub mir, das ist besser, als sich an der Straßensperre von genervten Autofahrern anpöbeln zu lassen", wiegelte die Zugführerin Frida ab. „Und jetzt nichts wie ran an die Schaufeln, Leute."

Alissa seufzte und machte sich an die Arbeit. Ihre Begeisterung für die Feuerwehr war nach den ersten Einsätzen merklich abgeflaut, aber was tat man schließlich nicht alles, um seinen Schwarm zu beeindrucken? Das Herz klopfte ihr bis zum Hals, als ausgerechnet

Michi neben ihr die Arbeit aufnahm. Er sah sogar in der unförmigen Einsatzkleidung super aus, und wie sich seine schwarzen Locken vorwitzig unter dem Helm hervorringelten... Alissa seufzte.

„Schade um die schönen Sachen“, versuchte sie unbeholfen ein Gespräch in Gang zu bringen. Michi aber schnaubte abfällig und trat mit seinem Gummistiefel achtlos in eine Ansammlung kleiner Eimerchen, die krachend zersplitterten. Eine gelbe Masse sickerte auf den Asphalt.

„Ach komm, in diesem sogenannten Kartoffelsalat ist doch nur Chemie. Der könnte ewig hier in der Sonne liegen und wäre noch essbar.“

Verächtlich kickte er einen der Behälter davon. Bestürzt verfolgte Alissa die Flugbahn. Sie liebte Kartoffelsalat, und die abgepackten Behälter aus dem Supermarkt waren stets ihre Nothelfer, wenn sie – was selten genug vorkam – ihre Mutter bei der Essenszubereitung vertreten musste. Es war schließlich schon verzwickt genug, den Schalter für die richtige Herdplatte zu finden, und dass man auch Fett in die Pfanne geben sollte, fiel ihr meist erst ein, wenn die Leberkäsescheiben schon halb verkohlt waren. Aber im Moment verschwendete sie keinen Gedanken ans Kochen, sondern schwankte zwischen dem Entsetzen, ihre Lieblingsspeise madig gemacht zu kriegen, und der Angst, vor Michi schlecht dazustehen.

„Aber da gibt es doch sicher Unterschiede“, murmelte sie und lief knallrot an. Es war so peinlich, dass ihr Sprachzentrum allein bei Michis Anblick nur noch lahmen Mist produzierte.

„Nix da. Gerade so ein Kartoffelsalat ist ein einziger Cocktail aus künstlichen Zusatzstoffen.“ Michi schien fest entschlossen, kein gutes Haar an ihm zu lassen.

„Echt jetzt?“

Nach diesem weiteren Beweis ihres sprachlichen Totalausfalls beschloss Alissa den Mund zu halten und sich aufs Zuhören zu beschränken. Michi schien ein wahrer Küchenkenner zu sein. Während des ganzen Einsatzes belehrte er sie darüber, mit welch hinterhältigen Tricks selbst in den heimischen Küchen gearbeitet wurde, um Speisen gesund und wertvoll erscheinen zu lassen. Alissa war schwer beeindruckt und sog seine Worte geradezu auf.

Im Gegenzug hielt sich Michis Wertschätzung für Alissas Fähigkeiten als Zuhörerin jedoch in Grenzen. Zurück im Feuerwehrhaus verabschiedete er sich nicht einmal von ihr.

Die Julisonne stand schon tief, als Alissa nach Hause kam. Der Liebeskummer wegen Michi ließ ihr das Herz bluten. Daher versteckte sie sich auf der Terrasse in einem Liegestuhl und beobachtete trübsinnig den Sonnenuntergang.

Allerdings störte sie der abkühlende Holzkohlegrill massiv in ihrem Herzschmerz. Der rauchige Duft von Grillfleisch waberte noch in der Luft und schnell übertönte Alissas Magen mit lautem Knurren ihre liebeskranken Seufzer.

Als hätte sie nur darauf gewartet, kam in diesem Moment Traudl nach draußen und trug ein üppig beladenes Tablett vor sich her.

„So schlimm, mein Schatz?" erkundigte sie sich in der mütterlichen Gewissheit, dass der Inhalt der abgedeckten Teller jeden Kummer lindern würde.

„Schau mal, ich habe dir vom Abendessen zwei Putensteaks warm gehalten. Das Baguette ist frisch getoastet, der Salat frisch angemacht. Und ..." Sie machte eine kurze Pause und beobachtete zufrieden, wie ihrer Tochter sichtlich das Wasser im Mund zusammenlief. Dann hebelte sie mit großer Geste eine Tupperdose auf. „Diese Portion habe ich mit Klauen und Zähnen gegen deinen Vater verteidigt."

Alissa wurde blass und zog ihre Hand, die schon nach dem Besteck getastet hatte, zurück, als hätte sie sich verbrannt. Appetitlich gelb lachten sie die in dicke Scheiben geschnittenen Kartoffeln an. Das säuerliche Aroma fein gewiegter Zwiebeln fügte sich harmonisch in den würzigen Duft der Marinade aus süffigem Nittenauer Bier, und die handverlesene Petersilie sprenkelte dezent das kulinarische Meisterwerk. Alissa aber sah vor ihrem geistigen Auge nur Michis Gummistiefel, der in eine klebrige gelbliche Masse auf dem Asphalt patschte, und konnte nur mit Mühe einen plötzlichen Würgereiz unterdrücken.

„Ich... habe keinen Hunger“, murmelte sie und flüchtete in ihr Zimmer.

„Kein Hunger“ wurde Alissas Standardsatz und sie sorgte damit auch zwei Wochen später bei einem Grillabend der Großeltern für Aufruhr.

Ein heftiges Scheppern ließ Traudl herumfahren. Spülwasser tropfte von ihren Händen auf den makellosen Fliesenboden ihrer Schwiegermutter. Auf dem Küchentisch wartete das Geschirr auf den Abwasch und es war Alissas Teller, der sich so lautstark dazugesellt hatte.

„Nicht einen Bissen hat sie gegessen, keinen einzigen“, zischte Roswitha und musterte ihre Schwiegertochter mit einem Blick, der besagte, dass Teeren und Federn noch zu gut für sie wäre.

Langsam trocknete sich Traudl die Hände ab und vergaß auch den nassen Fußboden nicht, bevor sie sich schwer auf einen Stuhl am Küchentisch plumpsen ließ.

Wie eine stumme Anklage stand der verschmähte Kartoffelsalat zwischen den beiden Frauen. Sie waren nie wirklich warm miteinander geworden und um Alissas Leibspeise trugen sie einen zwar heimlich, aber erbittert geführten Wettstreit aus, seit Alissa als kleiner Frechdachs mit kaum drei Zähnen erklärt hatte, es gebe keinen besseren Kartoffelsalat als den von ... nun ja, an dieser Stelle schieden sich die Geister, ob das genuschelte „...ma“ Oma oder Mama hatte heißen sollen.

Über die Jahre eignete sich jede von ihnen verschiedenste Kniffe an und perfektionierte ihr ganz eigenes Rezept. Aber zum großen Verdruss der beiden Rivalinnen ließ ihr geliebter Racker sich seitdem zu keiner Parteinahme mehr hinreißen.

Traudl riskierte einen kurzen Blick zu ihrer Schwiegermutter.

„Meinen isst sie auch nicht mehr", murmelte sie.

„Was soll das heißen?" In Roswithas Stimme schwang Entsetzen.

„Sie ist seit einiger Zeit schon recht mäkelig beim Essen, aber den Kartoffelsalat rührt sie gar nicht mehr an", führte Traudl weinerlich aus.

Sie vergrub das Gesicht in den Händen. „Nur deswegen sind wir doch zum Grillen gekommen, weil ich sehen wollte, ob ihr deiner am Ende doch bess…". Das Eingeständnis wollte ihr partout nicht über die Lippen kommen. Das war auch gar nicht notwendig, war doch auch Roswitha Zeugin gewesen, wie misstrauisch Alissa ihr Grillfleisch beschnuppert und nur bei der Rohkost aus Eisbergblättern, Gurke, Paprika und Radieschen richtig zugelangt hatte. Den Kartoffelsalat aber hatte sie geradezu verächtlich beiseitegeschoben und nach mehreren eindringlichen Nachfragen verschämt unter ein paar Blättern Salat versteckt.

Als Traudl plötzlich Besteck klirren hörte, hob sie den Kopf. Roswitha hatte sich einen frischen Löffel geholt und schaufelte sich Kartoffelsalat direkt aus der Schüssel in den Mund.

„Schmeckt doch so, wie es soll."

Auffordernd schob sie die Schüssel in Traudls Richtung.

„Lecker", bekannte diese nach einem Löffel widerwillig. „Vor allem mit der leichten Schärfe, die du heute drin hast."

„Die mag ja Alissa an deinem so gern", grummelte Roswitha mit vollem Mund. Sie hasste es zuzugeben, dass ihre Schwiegertochter etwas gut konnte und noch mehr, dass sie versucht hatte, ihr nachzueifern. Schnell schob sie sich noch einen Löffel in den Mund.

„Ich nehme ja lieber mehlige Kartoffeln; die saugen die Soße besser", erklärte sie kauend, ohne sich bewusst zu sein, dass sie ihrer erklärten Feindin eben eines ihrer Zubereitungsgeheimnisse verriet.

„Aber das Verhältnis ist perfekt." Gierig stach Traudl wieder in die Schüssel. „Ich nehme ja immer Chilisalz, das gibt diese ganz feine Schärfe. Aber bei dir würde sich vielleicht Meersalz nicht schlecht machen."

Über der Fachsimpelei war die Schüssel leer geworden und die beiden Streithennen saßen pappsatt und ungewohnt einträchtig am Küchentisch.

Schließlich sprang Roswitha auf und reichte ihrer Schwiegertochter ein Messer und ein paar übrig gebliebene Kartoffeln. Sie selbst zog ihren Apothekerschrank auf und offenbarte eine Gewürzsammlung, vor der ein Sternekoch vor Neid erblasst wäre.

„Wäre doch gelacht, wenn wir unserem Goldstück seine Leibspeise nicht wieder schmackhaft machen könnten."

Wochen später stutzte Alissa, als sie zum Kühlschrank schlenderte, und in der Küche ihre Mutter und Oma in ungewohnter Eintracht beim Rezeptewälzen antraf. Auf dem Herd blubberte ein Topf vor sich hin und die Luft war geschwängert vom erdigen Geruch kochender Kartoffeln.

„Vielleicht doch mal diesen hier mit Orangen", sagte Roswitha gerade.

„Was wird das?", erkundigte sich Alissa misstrauisch. „Doch wohl nicht schon wieder Kartoffelsalat?"

„Du hast überhaupt keinen Grund dich zu beschweren." Traudls Ton war ungewohnt spitz. „Du hast von unseren Gerichten rein gar nichts auch nur probiert, während wir ..."

Sie unterbrach sich, als Roswitha ihr begütigend die Hand auf die Schulter legte. Das war so ungewöhnlich, dass sogar Alissa staunte.

„Ihr seid ja heute ein Herz und eine Seele", sagte sie in der Absicht, vom leidigen K-Thema abzulenken. Wann immer sie eine marinierte Form der goldgelben Knollen auf den Teller bekam, und das war verdammt oft gewesen in letzter Zeit, hatte sie Michis Stimme im Ohr, wie er verächtlich „künstliche Aromastoffe" und „chemische Konservierung" flüsterte, und das, obwohl er seine Vorbehalte ganz schnell vergessen hatte, seit er gerüchteweise ...

Alissa schüttelte sich. Bloß nicht daran denken. Dann war es auch nicht wahr.

„Was?“

Irritiert schaute sie ihre Oma an.

„Ich sagte, wir machen uns Sorgen um dich“, wiederholte Roswitha. „Du isst gar keinen Kartoffelsalat mehr. Was ist nur los mit dir?“

„Oh!“ Alissa schnappte erschrocken nach Luft. Es war ihr gar nicht in den Sinn gekommen, dass ihre Familie ihren Argwohn gegen ihre frühere Leibspeise bemerken würde.

Traudl legte den Arm um sie und mit viel mütterlichem Fingerspitzengefühl entlockte sie ihrer Tochter Michis verächtliche Ansichten.

Am Ende platzte Roswitha der Kragen. „Michi? Der aus eurer Straße? Wie kommt er dazu zu behaupten, an meinem Kartoffelsalat wäre irgendetwas künstlich?“, empörte sie sich.

„Genau!“, unterbrach Traudl die beginnende Schimpftirade schnell und gab Roswitha einen freundschaftlichen Rippenstoß. Sie ahnte den tieferen Grund für Alissas Trauma. „Und deswegen werden wir jetzt gemeinsam einen Kartoffelsalat machen, Alissa, damit du siehst, dass wir keine Chemie im Einsatz haben, nicht wahr? Das kannst du deinem Michi dann auch gerne um die Ohren hauen.“

Roswitha gab sich noch nicht geschlagen, aber immerhin flüsterte sie jetzt: „Wie kommt dieser Saubub dazu? Der hat doch jetzt mit so einer Fleischpflanzlwenderin vom Schachtelwirt in Schwandorf angebandelt! Seine Mutter schimpft schon, dass er nur noch dieses pappige Fastfood verschlingt.“

„Ja, aber das musst du Alissa jetzt echt nicht unter die Nase reiben.“

„Oha!“ Endlich fiel auch bei Roswitha der Groschen. „Saubub“, grummelte sie noch einmal und gab sich dann redlich Mühe, ihre Enkelin vom Liebeskummer abzulenken.

Alissa befolgte ohne große Begeisterung die auf sie einprasselnden Anweisungen, verbrannte sich beim Schälen die Finger an den heißen Kartoffeln, zog Grimassen, als sie verschiedene Essigsorten zu probieren bekam und weinte fürchterlich beim Zwiebelschneiden.

„Das ist ja überhaupt nicht kompliziert", staunte Alissa am Ende. Zögernd probierte sie. „Und lecker! Probiert doch mal!"

Sie schaufelte großzügige Portionen auf Roswithas und Traudls Teller und aß selber weiter direkt aus der Schüssel.

„Lecker", echoten die beiden mit falscher Begeisterung. Nach den wochenlangen gemeinsamen Küchensessions hing ihnen ihr Vorzeigegericht gründlich zum Hals heraus. Doch sie waren in dieser Zeit fast so etwas wie Freundinnen geworden und sahen nun strahlend zu, wie es ihrem Goldstück wieder schmeckte. Roswitha schlang ihren Arm um Traudls Hüfte und freute sich über den anerkennenden Schulterdruck ihrer Schwiegertochter.

„Wisst ihr, was jetzt noch der Hammer wäre?", fragte Alissa da kauend. „Ein schönes krosses Wiener Schnitzel, wie es nur du hinkriegst", sie verschluckte sich und der Rest ging in einem Husten-anfall unter. Roswitha und Traudl lösten sich voneinander und ihre Blicke kreuzten sich, als Alissa ihren Satz mit einem erstickten „...ma!" zu Ende brachte.

Veganer Leberkäs

Zutaten:

Für eine Kastenform („Königskuchenform“) von 25 cm Länge. Ergibt 12 bis 15 Scheiben zum Abbräunen, kalt aufs Brot oder in die Semmel bis zu 20 Scheiben.

12 EL Haferflocken
650 g Tofu (natur)
200 ml Pflanzenmilch (Soja oder Hafer)
4 TL gekörnte Gemüsebrühe
4 EL Speisestärke
2 TL Guarkernmehl
2 EL neutrales Öl
2 EL Agavendicksaft
4 EL Tomatenmark
2 TL mittelscharfer Senf
2 TL granulierter Knoblauch
2 TL edelsüßes Paprikapulver
1 TL Majoranpulver
1 TL gemahlener Piment
1 TL gemahlener Kümmel
1 TL Ingwerpulver
1 TL gemahlener Kardamom
1 TL frisch geriebene Muskatnuss
1 TL Rauchsalz
1 TL Pfeffer
4 EL Sojasauce
2 TL Hefeextrakt
2 EL Sojamehl
4 EL Rote-Bete-Saft

Zubereitung:

1. Den Backofen auf 150° vorheizen. Haferflocken in der Küchenmaschine mit Schlagmesser oder im Mixer fein mahlen. Tofu abtropfen lassen und dazubröckeln. Die Pflanzenmilch mit der Brühe verrühren und hinzufügen.

2. Speisestärke, Guarkernmehl, Öl, Agavendicksaft, Tomatenmark, Senf, Knoblauch, Paprikapulver, Majoran, Piment, Kümmel, Ingwer, Kardamom, Muskatnuss, Rauchsalz, Pfeffer, Sojasauce und Hefeextrakt ebenfalls in die Küchenmaschine oder den Mixer geben und alles cremig pürieren. Das Sojamehl mit dem Rote-Bete-Saft verrühren und unter die Tofumasse mischen.

3. Die Kastenform mit Alufolie auskleiden. Die Masse hineingeben und glattstreichen. Im Ofen (Mitte, Umluft 140°) ca. 1 ¼ Std. backen, dabei nach der Hälfte der Backzeit mit Alufolie abdecken. Den Tofu-Soja-Laib mit der Alufolie aus der Form nehmen und abkühlen lassen. Die Alufolie entfernen, den Laib in Scheiben schneiden. Passt kalt auf Brot (oder in eine Semmel) mit Gewürzgurken und/oder Senf oder gebraten zu Bratkartoffeln oder Kartoffelsalat.

Colin Goldner

„DASS' DER SAU GRAUST"

VEGAN REVOLUTION AUF DER PASSAUER HERBSTDULT

Ihm war, als hätte ihn der Blitz gestreift. Und das, obgleich kein einziges Wölkchen am Himmel stand, aus dem solcher hätte herabfahren können.

Es war noch relativ früh an diesem Samstagmorgen, aber es kündigte sich ein traumhaftes Spätsommerwochenende an; gerade recht für einen Besuch auf der Passauer Herbstdult, die am Vortag mit viel Humpftata, CSU-Prominenz und dem traditionellen Festbieranstich eröffnet worden war.

Widerwillig und mit einem lautstarken Rülpser war er aus dem Dultstadl – so heißt in Passau das große Festzelt – ins Freie getreten. Ein Ordner hatte ihn wieder hinausgeschickt, da die Dult erst ab 11:00 Uhr ihren Betrieb aufnehmen würde. Vorher gebe es kein Bier, auch nicht ausnahmsweise, und ohne reservierten Sitzplatz schon gar nicht.

Er hatte also die Suche nach seinen Spezln abbrechen müssen, mit denen er sich am Orchesterpodium hatte treffen wollen. Im Getümmel des seit 10:00 Uhr schon geöffneten und längst heillos überfüllten Festzeltes war keiner von ihnen zu entdecken gewesen.

Leicht angezipft hatte er sich am Brezn- und Radistandl nahe des Ausgangs eine kalte Leberkässemmel gekauft, die als Grundlage dienen sollte für das spätere Zusammenhocken mit der Blas'n, bei dem erfahrungsgemäß das ein oder andere Hacklberger weggelitert werden würde. Und dann, am späteren Nachmittag, wollte er vielleicht ein paar Runden Autoscooter fahren: Konnte gut sein, dass da wieder ein paar Hasen herumstehen würden, die nur darauf warteten, dass einer wie er sie zu einer Fahrt in dem engen Bummswagerl einladen würde.

So stand er also vor „Bayerns größtem Bierstadl", in kurzer Wichs samt Loferl und Haferlschuh, in blütenweißem Pfoad und rotem Schilett: ein Prachtbursch von oben bis unten, wie dem Sortiment von mia-san-tracht.de entstiegen und überzeugt davon, dass heute bestimmt noch was gehen würde am Autoscooter.

Insofern sehr zufrieden mit sich selbst biss er herzhaft in seine Leberkässemmel, so herzhaft, dass der dick hineingeschmierte Händlmaier-Senf links und rechts herausquoll und auf sein rotes Wams tropfte. „Himmihergottgreizkruzifix", entfuhr es ihm, wobei der gotteslästerliche Fluch kaum zu verstehen war, da er das abgebissene Stück Leberkässemmel noch im Mund hatte. Er blickte sich um, wo er vielleicht eine Papierserviette oder sonst etwas Geeignetes finden könnte, um den Senf abzuwischen. Am aussichtsreichsten erschien ihm eine der Fressbuden, die schräg gegenüber des Stadls aufgebaut waren: Die hätten sicher warmes Wasser und ein Stück Krepppapier für ihn.

Schon während er sich mit seiner angebissenen Leberkässemmel in der Hand einen Weg quer durch die Massen festtagsgestimmter Besucher bahnte, die von allen Seiten her auf den Platz strömten, entdeckte er vor einer der Buden eine junge Frau, die gerade dabei war, etwas auf eine neben der Verkaufstheke angebrachte Tafel zu schreiben. Die wollte er fragen, ob sie ihm nicht bei seinen Senfflecken helfen könnte, die, wie er verärgert konstatierte, aussahen, als hätten ihm zwei Vögel aufs Wams geschissen.

Erst als er näherkam, fiel ihm auf, dass die junge Frau ein T-Shirt und Jeans trug – fast ein Sakrileg auf einem niederbayerischen Volksfest, wenn ein Weiberleut nicht im Dirndl herumrennt – und, halt dich fest!, dass sie grasgrün gefärbte Haare hatte. Pfeilgrad, er konnte gar nicht mehr wegschauen: grasgrüne Haare!

Während er sie bisher nur von hinten gesehen hatte – Jeans, T-Shirt und grüne Haare – drehte sie sich plötzlich und unvermittelt um und sah ihm mitten ins Gesicht. Und genau das war der Moment, in dem ihm war, als habe ihn aus heiterem Himmel ein Blitz gestreift. Mit offenem Mund stand er da und kam sich schlagartig vor wie der letzte Depp. Nichts, aber auch gar nichts wollte ihm einfallen, was er hätte sagen können. Fassungslos starrte er auf die junge Frau – erst auf die Haare, dann auf das T-Shirt und dann wieder auf die Haare –, die ihn freundlich anlächelte und sich dann wieder ihrer Tafel zuwandte. Jetzt erst bemerkte er, dass einer ihrer Arme von oben bis unten mit bunten Tattoos bedeckt war, und selbst im Genick, zwischen den grünen Haaren deutlich zu sehen, war irgendein chinesisches Zeichen eintätowiert.

Als sie mit der Beschriftung der Tafel fertig war und sich erneut umdrehte, stand er immer noch da, und immer noch fiel ihm absolut nichts ein, was er hätte sagen können. Und das, obwohl er eigentlich Dutzende wohlerprobter Anmachsprüche draufhatte, auf die, wie er wusste, jeder Hase abfuhr. Und jetzt: nichts, kompletter Blackout.

Erst just in dem Augenblick, als sie sich wieder wegdrehen wollte, kam ihm die rettende Idee: Wie ein Zombie streckte er seine Hand mit der angebissenen Leberkässemmel nach vorne, direkt unter die Nase der jungen Frau mit den grünen Haaren, und gigatzte unbeholfen daher: „Mogst amoi abbeißen?"

Der Blick, den er sich einfing, halb belustigt, halb angewidert, war vernichtend. Ohne ihn einer Antwort oder eines weiteren Blickes zu würdigen, verschwand sie durch die Seitentür ins Innere der Bude. Und jetzt erst realisierte er, was sie mit Kreide auf die Tafel aufgemalt hatte:

„Nur heute: Hausgemachter veganer Leberkäs“

Und plötzlich fiel es ihm wie Schuppen von den Augen: Das musste das Standl sein, von dem er vor ein paar Tagen in der PNP gelesen hatte: Als absolute Neuerung für die diesjährige Herbstdult war ein Stand mit „veganen Köstlichkeiten“ angekündigt worden. Statt Schweinshaxn, Rostbratwürsten und Schaschlik wie in den Festzelten und an allen anderen Fressbuden solle es da vegane Burger geben aus Couscous, Linsen und Grünkern oder vegane Currywürste aus Tofu oder Seitan. „Ja pfui Deifi“, hatte er sich gedacht, „wer sollt' denn sowas fressen wolln?“ Wobei er, eingestandenermaßen, nicht die geringste Ahnung hatte, was denn unter Tofu oder Seitan überhaupt zu verstehen sei. Er kannte von seiner Schulzeit her eine Veganerin, die sich von so etwas ernährte und aus seiner Sicht auch genauso aussah. So eine wollte er nicht einmal mit der Beißzange anfassen, selbst wenn sie die letzte Frau auf Erden wäre. Im Freundeskreis, in dem man die Sache mit den veganen Currywürsten eingehend erörterte – „da graust's ja der Sau“ –, war man übereingekommen, beim kollektiven Dultbesuch am nächsten Samstag den Veganern von hinten an die Bude zu bieseln. Geschlossen, alle zehn Mann hoch.

Jetzt aber stand er ziemlich verloren vor dem Standl herum, an dessen Vordach ein Schild mit der selbstgemalten Aufschrift „Vegan Revolution“ hing. „Bluatsauerei, elendige“, dachte er, nur gut, dass seine Spezln diese Abfuhr nicht mitbekommen hatten. So hatte ihn ja noch nie eine auflaufen lassen, und auch noch eine grünhaarige Veganerpritschn. Das konnte er unmöglich auf sich sitzen lassen. Und plötzlich wusste er, was zu tun war. Quer durch die immer noch von allen Seiten herbeiströmenden Menschenmassen kämpfte er sich zurück zum Dultstadl, an dessen Hinterausgang er sein Radl abgestellt hatte. Die angebissene Leberkässemmel, die er immer noch in der Hand hielt, warf er in einen der dort aufgestellten Müllcontainer. Im Eiltempo radelte er das kurze Stück nach Hause, wo er in

Windeseile sein mia-san-tracht.de-Outfit ablegte – von seiner früheren Schulfreundin wusste er, dass Veganer keine Lederklamotten trügen, ja nicht einmal Schuhe aus Leder – und schon war er wieder unterwegs zurück zum Festplatz. In Jeans, T-Shirt – das schwarze mit dem knallgelben „B6“-Aufdruck vom letztjährigen Malle-Urlaub – und seinen brandneuen Zalando-Sneakers. Im T-Shirt, dachte er, könne man ohnehin viel besser sehen, dass er seit einem Jahr ins EasyFit ging.

Während er zurückradelte, überlegte er krampfhaft, was er denn sagen sollte. Originell musste es sein und gleich mit der Tür ins Haus, das funktionierte am besten. Ob sie woanders auch tätowiert sei oder nur an den Armen, wäre eine Option; oder ob sie untenrum auch grüne Haare hätte. Beides hielt er sich in petto.

Nach einer knappen Dreiviertelstunde war er wieder auf dem Festplatz. Er sperrte sein Radl hinter dem Dultstadl ab, nahm einen kräftigen Schluck Zwetschgenbrand aus dem Flachmann, den er sich sicherheitshalber eingesteckt hatte, und kämpfte sich erneut durch die Massen an Festbesuchern, die scheinbar immer noch mehr geworden waren. Dann stand er wieder vor dem Veganstandl. Schon von Weitem hatte er die leuchtend grünen Haare gesehen, die jetzt zu einer Art Wuscheldutt nach oben gebunden waren. Geduldig wartete er in der Schlange, die sich vor dem Stand gebildet hatte – so konnte er sie unbemerkt und in aller Ruhe taxieren –, bis er dran war. „Kennst mi no?“, fragte er betont draufgängerisch über den Verkaufstresen hinweg und tippte sich mit beiden Daumen an seine Fitnessstudiobrust, da, wo vorher die Senfflecken waren: „I bin der mit der Leberkässemmel.“

„Ja, ich weiß“, sagte sie und wandte sich der nächsten Kundschaft zu.

„Verkaufst mir auch was Veganes?“, versuchte er es erneut. Und als er keine Antwort erhielt: „Eine Leberkässemmel bitte, mit extra Senf.“

„3,80.“

Provokant langsam zählte er das Geld aus seinem Portemonnaie auf den Tresen, 20 Cent zu viel. „Passt schon", sagte er gönnerhaft, „du musst schließlich auch von was leben." Und ganz so, als sei ihm damit ein besonders witziger Spruch gelungen, fuhr er in gleicher Tonlage fort: „Und magst mit mir Autoscooter fahrn, wennst amal Pause hast?"

Ohne aufzuschauen verteilte sie etwas Senf auf der Leberkässcheibe, die sie frisch abgeschnitten hatte, und legte sie, zusammen mit einem Schnitz Gewürzgurke, zwischen zwei Semmelhälften. Mit einem charmanten Lächeln und einer Papierserviette reichte sie ihm die Semmel über die Theke. „Lieber hack' ich mir einen Arm ab", sagte sie halblaut, aber doch deutlich verstehbar, wobei sie wohl selbst nicht recht wusste, ob sie es zu ihm oder zu sich selber sagte. Dann nahm sie freundlich die Bestellung der nächsten Kundschaft entgegen: „Zwei Leberkässemmeln? Gerne, kommen sofort."

Glossar (alphabetisch)

angezipft = *genervt, verärgert*
Blas'n = *engerer Freundeskreis*
Bummswagerl = *Autoscooter*
B6 = *Ballermann 6 (Örtlichkeit für exzessiven Party- und Sauftourismus auf Mallorca)*
Dultstadl = *Festzelt der Brauereien Hacklberg und Innstadt*
EasyFit = *Passauer Fitnessstudio*
gigatzen = *stottern*
Hacklberger = *Bier der Großbrauerei Hacklberg (im Besitz des Bistums Passau)*
Händlmaier = *Bayerisch-süßer Hausmachersenf*
Haferlschuh = *seitlich gebundene Trachtenschuhe*
Hasen = *weibliche Landjugend*
Loferl = *gestrickte Wadenwärmer*
mia-san-tracht.de = *Online-Handel für Trachten- und Landhausmode*
Pfoad = *Leinenhemd*
PNP = *Passauer Neue Presse (Tageszeitung)*
Pritschn = *Frau mit (angenommen) promiskuitivem Lebenswandel*
Radistandl = *Verkaufsstand für Rettich und Radieschen*
Schilett = *ärmellose Weste (franz. Gilet)*
Seitan = *Weizeneiweiß*
Tofu = *aus weißen Sojabohnen hergestellter, schnittfester „Topfenquark"*
Wichs = *kurze Lederhose*
Zalando-Sneakers = *über einen Online-Versand bezogene Sportschuhe*
Zwetschgenbrand = *hochprozentige Spirituose (> 40 Vol.-% Alkohol)*

Klosterschmarrn

In 1 herzhaften und 1 süßen Variation (für 2 Personen)

Grundrezept für den Teig:

160 g Mehl
1 Prise Salz
4 Eier, getrennt
140-200 ml Milch
*2-3 EL *Butter, Margarine, Öl*

Zubereitung:

Mehl, Salz, Eigelb und Milch zusammenrühren und ca. ½ Stunde ruhen lassen.
Eiweiß steif schlagen und unter den Teig heben.
In einer beschichteten Pfanne mit Butter oder Margarine/Öl kurz anbraten; mit einem Deckel zudecken und ca. 10-12 Minuten bei sehr geringer Hitze ausbacken; Pfannkuchen vierteln, wenden und noch einmal ca. 5-10 Minuten weiter zugedeckt ausbacken lassen; dann in Stücke zerreißen und mehrfach wenden.
Mit einer ofengeeigneten Pfanne kann man den Schmarrn mit ca. 150-170 Grad auch im Ofen ausbacken.

Zusätzliche Zutaten für einen herzhaften Käseschmarrn:

100 g geriebener Käse (Emmentaler/Bergkäse)
optional: 100 g Schinken/Speck, Salz, Pfeffer,
fein geschnittene Zwiebel oder Lauchzwiebeln
und/oder Kräuter nach Wahl (Petersilie, Schnittlauch u. a.)

Alles unter den Grundteig mischen und dann ausbacken.
Beilage: Zum Käseschmarrn passt grüner oder Tomatensalat.

Zusätzliche Zutaten für einen süßen Apfelschmarrn:

*4 EL Zucker oder **Birkenzucker (Xylit)/ **Erythrit*
opt. 1 Packung Vanillezucker
4 Äpfel, fein geschnitten/grob geraspelt

Alles unter den Teig mischen und ausbacken.
Fertigen Schmarrn nach Belieben mit Puderzucker und Zimt bestreuen.

Hinweise:

** Vorsicht mit sehr heißer Butter; Schmarrn brennt schnell an.*
*** Für Kalorienbewusste und Diabetiker*

Wolf Hamm

DER KLOSTERSCHMARRN

In einem Kloster in S., an der Donau zwischen Regensburg und Passau gelegen, herrschte der glaubens- und lebensfreudige Abt Gallulus. Die Zeiten, in denen in der Donauebene und im Bayerischen Wald die ersten Klöster gegründet worden waren und die Mönche Wälder gerodet, Gebäude errichtet, Felder bestellt und zu Gott gebetet hatten, waren lange vorbei. Ihre Arbeit hatte sie zu einer wohlhabenden Gemeinschaft gemacht. Aber die Jahre des Wohlstands lockerten die Sitten. Die Pflichten wurden vernachlässigt, Wein und Bier machten von morgens bis abends die Runde und Jungfrauen schlichen in die Mönchszellen. Statt besinnlicher Literatur lasen sie sich unanständige Geschichten über Päpste und Bischöfe vor.

Am 31. Oktober 1517 erlag der Abt Gallulus während eines Beicht-Besuchs bei der Dame Duretta einem Herzschlag.

Dem Abtprimas Konrad bot dieser Sterbefall die Gelegenheit, die Klostergemeinschaft, um deren Lotterleben er wusste, auf den rechten Weg zurückzuführen. Seinem Willen gemäß, den er deutlich ausgesprochen hatte, wählten die Klosterbrüder den sehr strengen Pater Serenus, der zehn Jahre als Einsiedler gelebt hatte, zum Abt.

Nach dem ersten Mittagessen als neuer Klostervorstand verkündete er seine „Drei lieben Tugenden“, die im Kloster fortan herrschen sollten: die Demut, die jedem Menschen die eigene Unvollkommenheit bewusst macht und die Achtung anderer lehrt, die Fürsorge, die zu Hilfeleistungen verpflichtet, und die Beherrschung, die die bösen

Gefühle in Liebe zu Gott und den Menschen verwandelt. „Lasset sie in unseren Herzen wirken!"

Pater Rundus, der gerne Abt geworden wäre, flüsterte seinem Nachbarn zu: „Das wird schön langweilig werden."

„Und wir fangen gleich heute damit an", proklamierte Abt Serenus. „Das Essen von Fleisch ist der schlimmste Versucher unserer Seele. Wie grausam töten wir die Geschöpfe Gottes, die Tiere! Ihr Fleisch macht Menschen bösartig und aggressiv. Es weckt die seelentötende geschlechtliche Begierde, diese furchtbare Gewalt in unserem Inneren."

„Gott schütze uns vor dieser Sünde!", rief Pater Rundus in den Saal.

„Der Herr erhöre dich", erwiderte der Abt und setzte seine Rede fort. „Ich habe in meiner Zeit als Einsiedler erprobt, was und wie viel man essen darf, damit die Seele nicht durch das Böse vom rechten Weg abgebracht werden kann. Pater Eckhart, dir, als Küchenmeister, übergebe ich die Rezepte und den Speiseplan. Gott segne euch."

Gespannt warteten die fünfzig Mönche auf die Abendmahlzeit. Ein Murmeln der Enttäuschung wogte durch das Refektorium: nur eine Scheibe Brot mit Schmalz, dazu klares Wasser. „Das dunkle Brot ist die Erde, das Glas Wasser der befruchtende Regen", erklärte der Abt und überging kommentarlos das unterdrückte Lachen der Speisegesellschaft.

Pater Rundus flehte zu Jesus: „Herr, bewirke die wunderbare Brotvermehrung!"

Das Frühstück wurde genauso karg dargeboten wie das Abendessen. Eine halbe Scheibe Graubrot, 100 Gramm Haferschleim, ein Glas Milch und ein Apfel.

Voller großartiger Vorstellungen vom „Wundermittagessen" betraten die Patres den Speisesaal. Auf jedem Platz stand ein Teller. Auf ihm erhob sich ein Berg mit Klumpen von gelb-bräunlicher Konsistenz mit grünen und roten Einsprengseln. Aus diesen Haufen suchten sie sich mit dem Löffel ein paar der Gebilde heraus und aßen sie.

Nach kurzer Zeit hörte man anerkennendes Murmeln. Dann bekundeten die Mönche lautstark ihr Wohlgefallen an der Speise. Während früher nach dem Verzehr der fetten Braten, die sie in sich hineingestopft hatten, die Mägen sich mit Rülpsen, Blähungen und Durchfall gegen den Angriff auf ihre Unversehrtheit wehrten, nahm das Wohlbefinden der Mönche nach dieser Mahlzeit zu. Der durchschnittliche Bauchumfang verringerte sich um fünf Zentimeter, das Durchhaltevermögen und die Konzentrationsfähigkeit stiegen merklich an.

Die anfängliche Skepsis gegen den „Klosterschmarrn", wie sie ihn nannten, war bei allen verflogen und die vier Wochen vergingen in großem Wohlbehagen.

Bald danach erschien eine Delegation der Mönchsgemeinschaft beim Abt Serenus. Pater Rundus und Pater Eckhart erbaten im Namen aller, doch um Gottes Willen wieder zur Normalkost zurückzukehren. Sein Klosterschmarrn sei zwar wirkungsvoll zur Entschlackung, aber die Kraft käme aus dem Fleisch.

„Das ist völlig ausgeschlossen. Ich habe es selbst erprobt. Das, was der Mensch braucht, ist in diesem Rezept enthalten. Alles andere dient nur der Lustbefriedigung eurer geilen Körper", ermahnte der Abt die Mitbrüder.

Nach dem Nachtgebet versammelten sich zwanzig der Mönche in der Totenkapelle, die weit von den Zellen entfernt lag.

„So geht es nicht weiter. Wir werden immer magerer", erläuterte Rundus.

„Es muss sich etwas ändern. Was könnten wir tun?"

„Den Abt verprügeln!" – „Ihn umbringen." – „Wir wandern nach Österreich aus." – „Wir verjagen ihn", lauteten die Vorschläge.

„Ich hab's. Wenn wir Fleischstücke in den Klosterschmarrn mischen, haben wir alles erreicht", schlug Eckhart vor.

„Der Abt merkt das aber", gab Pater Pius zu bedenken.

„Nein, er bekommt immer extra serviert."

So vergrößerte sich der Haufen Klosterschmarrn um einiges. Der Abt war zufrieden, denn er hatte seinen Willen, nein, den Willen Gottes durchgesetzt und die alte Harmonie wiederhergestellt. Und die Mönche hatten ihr Fleisch.

Doch schon bald kamen Pater Rundus und Pater Eckhart erneut zum Abt. Das Wasser als tägliches Getränk hänge ihnen zum Halse heraus, bekannten sie. Früher habe es doch auch Wein gegeben. Warum jetzt nicht mehr?

Empört entgegnete der Abt: „Der Teufel Alkohol verdirbt eure Seele. Er umnebelt eure Sinne, er gaukelt euch ein besseres Leben vor und am Schluss landet ihr noch im Bett einer Frau!"

„Der Herr behüte uns vor solchem Schrecken!", kommentierte Pater Rundus.

Der Konsum von Alkohol blieb strengstens verboten.

An nächsten Morgen eilte der Pater Medicus zum Abt, schlug die Hände über dem Kopf zusammen und berichtete dem Oberhaupt, dass seine Krankenstube voller an Brechdurchfall Leidender sei. Der Abt eilte unverzüglich zur Krankenstation. Da lagen die Elenden stöhnend und sich krümmend. Vom Klo her tönten jammervolle Laute von sich Übergebenden.

„Was ist denn die Ursache für diese schreckliche Krankheit?"

„Ach, es ist das Wasser, behaupten sie", informierte der Medicus den Abt.

„Jetzt, so plötzlich?"

Pater Rundus richtete sich mit schmerzverzerrtem Gesicht auf: „Hochwürdigster Abt Serenus, die Giftstoffe des Wassers sammeln sich im Körper an und zerstören langsam die inneren Organe. Sie quellen jetzt über von den Wassergiften und drängen nach außen."

„Davon hat Galen, der berühmte griechisch-römische Arzt, nichts geschrieben", wunderte sich Abt Serenus.

„Die Medizin schreitet voran", dozierte Rundus: „Es gibt aber Heilmittel in Form von Getränken. Wenn wir diese zu trinken bekämen, würden alle gesund werden, nach dem ersten Schluck."

„Welche Getränke sind das?“

„Hochehrwürdigster Abt, lasst Euch heute Abend überraschen.“

Der Abt stimmte zu und ging in die Bibliothek. Allerdings quälte ihn den ganzen Nachmittag die Sorge, dass sein „Drei-Tugenden-Projekt“ an dieser Wasserkrankheit scheitern würde. „Und gerade Rundus will dieses Problem lösen?“, überlegte der Abt.

Am Abend erläuterte Pater Rundus im Refektorium die Neuerung: „Ein furchtbarer Geist im Wasser hat einige Mitbrüder ergriffen und sie unappetitlichen Erduldungen ausgesetzt. Ab jetzt trinken wir dieses krankmachende Wasser nicht mehr.“

Begeisterter Beifall der Mönche.

„Zwei Gläser stehen an eurem Platz. Das weiße Getränk ist ein Sauerkrautsaft, der als Heilmittel bei Verdauungsbeschwerden wahre Wunder vollbringt.“

„Das kann nur Jesus Christus!“, rief Pater Pius seinem Mitbruder Rundus zu.

„Und der Rote-Bete-Saft kräftigt das Blut und die Lebensfreude. Und nun, Brüder, trinkt den Sauerkrautsaft.“

Kaum hatten sie einen Schluck gemacht, jubelten sie in höchsten Tönen, wie gut dieser Saft sei und wie sie seine Wirkung sofort spürten. Das Unbehagen, das der saure Trank beim Abt hinterlassen hatte, verdrängte dieser. Auch der Rote-Bete-Saft erfreute sich größter Beliebtheit. Der Abt Serenus war erleichtert, dass alle zufrieden waren; er selbst ließ sich lieber wieder Wasser servieren.

Als er aber sah, wie fröhlich diese beiden Säfte den Konvent machte, überkam ihn der Geschäftssinn und er ließ Pater Rundus und seinen Freunden den Rote-Bete-Saft unter dem Namen „Sanguis Jesu“ und den Sauerkrautsaft als „Lux aeterna“ verkaufen. Und siehe da, das wohlhabende Kloster wurde noch wohlhabender.

Sie, lieber Leser, meinen, der Abt könne nicht so dumm gewesen sein, dass er den Betrug nicht gemerkt hätte, dass nämlich der Sauerkrautsaft Weißwein, der Rote-Bete-Saft Rotwein gewesen war?

Leider ist darüber nichts geschrieben worden. Das kleine Kloster verschwand, als die Reformation auch in Bayern Erfolg hatte.

Aber es könnte doch sein, dass der Abt den Betrug irgendwann bemerkt und Gefallen an den neuen Getränken gefunden hat. Oder hat er das Kloster fluchtartig verlassen, um wieder Einsiedler zu werden? Das Kloster existiert nicht mehr. Aber in S. an der Donau bekommen Kinder beide Säfte, wenn sie krank sind. Schnell werden sie dann gesund.

Und im Gasthaus zur Post isst man an den kirchlichen Feiertagen im Andenken an Abt Serenus und seine Mönche den Klosterschmarrn, mit oder ohne Fleisch.

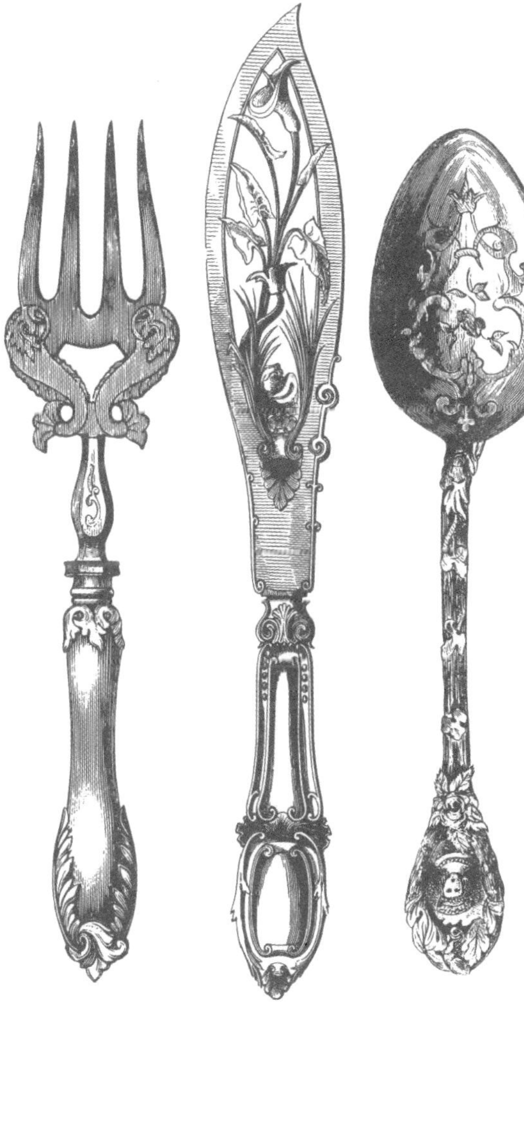

Hechtenkraut

Hechtenkraut, so heißt es, sei die Leibspeise König Ludwigs II. gewesen. Donauanrainer lieben es heute noch. Es gibt viele Zubereitungsarten – auch kompliziertere als die unsrige. Oftmals werden die Filets auch zu einer Farce verarbeitet, die dann als Hechtklößchen im Sauerkraut überbacken wird. Donauhechte gibt es in allen Größen, aber leider nicht zu allen Jahreszeiten zu kaufen. Alternativ lässt sich Hechtenkraut auch bestens mit Zander zubereiten.

Zutaten für 2 Personen:

400 Gramm Hechtfilets
400 Gramm mildes Sauerkraut
80 Gramm gewürfelter Speck
1 EL Butterschmalz
2 Lorbeerblätter
6-8 Wacholderbeeren
2 TL Kümmel
1 TL Zucker
1 Apfel
1/8 Liter Weißwein
1 Becher Schmand
2 Eigelb
Salz, Chilisalz, Pfeffer, Muskat
2 EL Semmelbrösel
Butterflöckchen

Zubereitung:

1. Den Backofen auf 180 Grad vorwärmen.
2. Die Speckwürfel in Butterschmalz glasig dünsten, das Sauerkraut hineinzupfen, Lorbeerblätter, Wacholderbeeren, Zucker und Kümmel zugeben, mit dem Wein aufgießen. Den Apfel schälen, vierteln, entkernen, klein schneiden und in das Kraut rühren. Zugedeckt 10 Minuten köcheln lassen.
3. Inzwischen die Fischfilets für 5-7 Minuten in 1/2 Liter Salzwasser legen, danach in ca. 5 cm lange Stücke schneiden.
4. In eine mittelgroße Auflaufform die Hälfte des Sauerkrauts geben, die Fischfiletstücke darauflegen, dann den Rest des Sauerkrauts darüberschichten.
5. Schmand und Eigelbe verquirlen, mit Chilisalz, Pfeffer und Muskat würzen und über das Kraut verstreichen.
6. Die Semmelbrösel drüberstreuen und mit Butterflöckchen garnieren.

Etwa 20 Min. überbacken, jedenfalls bis die Brösel goldbraun sind.

Elfi Hartenstein

DER GROSSE FANG

Johann Hölzl goss einen Schluck Tee in den Becher der Thermosflasche, vergewisserte sich, dass der Korken festgedrückt war und stellte sie neben seinen Klapphocker ins Gras. Den Becher in der rechten Hand, ruckelte er sich auf dem schmalen Kunstledersitz zurecht, stützte die Ellbogen auf die Knie und schaute hinüber zu dem endlos langen Schleppkahn, der sich vor wenigen Minuten gemächlich in sein Blickfeld geschoben hatte. Er nippte an seinem Tee, folgte dem flussaufwärts fahrenden Schlepper mit den Augen und beobachtete die Wellen, die im Gefolge des Kahns übers Wasser verliefen und ihre Ausläufer zu ihm herüberschickten, wo sie sanft gegen die Böschung schwappten. So sanft, dass sie die Angelschnur unter den überhängenden Ästen kaum bewegten.

Johann lächelte zufrieden. Er hatte sich eine Zehnminutenpause verordnet, die Rute aufgestellt und festgezurrt, Thermoskanne und Plastikdose aus dem Rucksack geholt. Jetzt wollte er seinen Tee trinken und eines von Christels liebevoll mit Schinken und Essiggurke belegten Klappbroten essen. Das gehörte einfach dazu: Ohne Proviant ließ Christel ihn nicht aus dem Haus. Egal ob er vorhatte für zwei Stunden oder für einen halben oder auch mal einen ganzen Tag zu verschwinden. Und nicht ohne einen Kuss zum Abschied, sobald alles eingepackt, im Anhänger verstaut und am Fahrrad befestigt war und er die Hände auf den Lenker legte. Seit dreißig Jahren hielten sie es schon so. Alltagstauglich waren sie geworden bei all den Gewohnheiten, aber das strahlende Lächeln, mit dem Christel jedes Mal die Ausbeute begutachtete, die er heimbrachte, hatte sich noch nicht abgenutzt.

„Was Größeres heute?“, hatte sie gefragt, nachdem sie ihn bei seinen Vorbereitungen beobachtet hatte.

„Mal sehen. Vielleicht auch gar nichts.“

„Ich wollte heute Abend sowieso Spaghetti kochen!“, hatte sie ihm nachgerufen. Es war nicht wirklich als Strafandrohung gemeint, Christel liebte Spaghetti mindestens ebenso wie frisch gefangenen Fisch.

Eine Weile beobachtete Hölzl die Golfspieler, die auf der gegenüberliegenden Seite des Flusses ihre Caddies durchs Gelände zogen. Dabei steckte er die Plastikdose in den Rucksack zurück, schraubte den Becher wieder auf die Thermosflasche, stand auf und kurbelte die Angelschnur ein, um durchzuchecken, ob noch alles richtig war: Der Gummifisch, für den er einen leichteren Bleikopf gewählt hatte, damit er nicht zu schnell sank, saß nach wie vor fest am frisch geschärften Zwillingshaken. Johann nickte. Alles gut. Liebevoll fuhr er mit der Hand über Alurahmen und Gumminetz des neuen Klappkeschers und vergewisserte sich, dass auch die noch zusammengerollte Abhakmatte in Reichweite lag. Dann warf er die Angelschnur aus. Nicht zu weit, er wollte in der Nähe der überhängenden Äste bleiben. Jiggen, dachte er, zupfen, ein oder zweimal kurz kurbeln, absinken lassen, warten, dann von Neuem, wieder warten. Und wieder und wieder. Kein Problem, Geduld hatte er.

Das Geräusch eines langsam sich nähernden Fahrrads ließ ihn aufhorchen. Aus den Augenwinkeln sah er, wie der Radfahrer, ein breitschultriger junger Mann mit durchtrainierten nackten Waden und einem schwarzen Baseball-Cap auf dem Kopf, kaum an ihm vorbei, nach fünf, höchstens zehn Metern scharf abbremste, das Rad abstellte und, in der Hand eine Angelrute, durchs Gras die Böschung zum Ufer hinabsprang. Die Kiste auf dem Gepäckträger würde er vermutlich gleich noch holen.

Sie nickten sich zu, als er wieder zu seinem Fahrrad hinaufstieg. Johann seufzte, einen Kollegen – noch dazu einen unbekannten – in so geringer Entfernung hätte er nicht unbedingt gebraucht. Er rückte die Schirmmütze auf dem Kopf zurecht, damit ihn die tiefer stehende Sonne nicht blendete, und konzentrierte sich wieder auf seine Angel.

Der Fluss lag träge vor ihm, das Wasser wie glatt gebügelt, nicht die kleinste Bewegung unter der Oberfläche auszumachen. Doch Johann Hölzl ließ sich nicht täuschen. Er war ein erfahrener Angler, er wusste, dass der Hecht da war, dass er kommen und früher oder später nach dem Gummifisch schnappen würde. Was er nicht wusste, war, ob er es mit einem großen Hecht zu tun bekam, oder ob ein kleiner Hecht anbiss, der noch viele Jahre vor sich hatte. Ein Kleiner, das stand für Johann fest, sollte lieber wieder ins Wasser zurück, damit er erst einmal leben konnte. Und er würde in diesem Fall ohne schlechtes Gefühl Christels Spaghetti-Angebot annehmen.

Bei dem Gedanken lächelte er. Noch hatte er Zeit, unendlich viel Zeit.

Die Minuten verrannen. Viertelstunden, halbe Stunden. Aus den Augenwinkeln sah er, wie der Kollege anfing, seine Siebensachen wieder zusammenzupacken. An dieser Stelle hier braucht man etwas mehr Geduld, hätte Johann Hölzl ihm gern bedeutet. Doch im selben Moment, als er eben die Schnur einkurbeln wollte, um die Angel erneut auszuwerfen, spürte er Widerstand. Die Schnur spannte, die Rute bog sich und er hatte Mühe, sie festzuhalten und trotzdem rasch mit einer Hand den Kescher heranzuziehen. Johann gab nach, ließ dem Fisch mehr Raum, bevor er den Drill verstärkte und sich bemühte, ihn wieder näher zu holen. Es war ein großer, schwerer Hecht, der sich nicht einfach ergab und heftig um sich schlug, so dass das Wasser hoch aufspritzte. Johann ließ erneut nach. So würde es nun eine ganze Weile hin und her gehen, denn dieser Kampf würde dauern, bevor das Tier ermüdete. Und dann, das wusste Johann, in der Endphase des Anlandens, würde es noch einmal alles versuchen, um in die Freiheit zu entkommen.

Der ist unbändig und stark und verdammt schnell, dachte Johann. Ich muss den Kescher unter ihn bringen.

In seinen besten Jahren wäre das kein Problem gewesen. Er keuchte. Der Fisch warf sich hin und her. Immer wieder musste Johann mit beiden Händen nach der Angel greifen, um sie festzuhalten. Kein Gedanke, ihn bis über den Kescher zu ziehen.

Den schaffe ich nicht allein, dachte er voller Hochachtung.

„Warte, ich helf dir." Der fremde Kollege war auf den für Hölzl scheinbar aussichtslosen Zweikampf aufmerksam geworden und herübergelaufen. „Komm her, lass mich mit ran ... den kriegen wir schon." Er griff nach dem Kescher. „Den halte ich. Geh du mit der Rute."

Johann Hölzl war zu sehr von diesem Prachtexemplar von einem Hecht an seiner Angel in Anspruch genommen, um antworten zu können. So sehr er wünschte, es sei vorbei, so sehr bewunderte er die Kraft und die Ausdauer, mit der der Fisch um seine Freiheit kämpfte. Wortlos ließ er es zu, dass der andere für ihn den Kescher führte, und atmete schließlich doch auf, als der Fisch endlich im Netz landete und sich herausheben ließ. Sekunden des Schweigens, in denen die beiden Männer atemlos und wie verzaubert standen.

„Heiligemariaundjosef", flüsterte Johann, „was für ein schöner Fisch du bist." Ehrfurchtsvoll trat er einen Schritt zurück. Ihm war, als würde der Hecht ihn mit den Augen verfolgen.

Der Kollege hatte das Messer schon an der Schneide gepackt und streckte es Johann hin. „Hau zu!" Und noch einmal, als Johann sich nicht rührte: „Jetzt hau endlich zu, sonst ..."

„Nein!" Hölzl war vor dem Kescher auf die Knie gefallen. „Den bring ich nicht um. Ein solches Trumm von einem Fisch." Er griff nach dem Gummifisch im Maul des Hechts und zog den Zwillingshaken so vorsichtig er konnte heraus. „Der geht wieder zurück."

„Spinnst du?" Die Stimme des anderen klang heiser, fast drohend. „Den bringen wir jetzt hier auf die Matte, und dann..." Hölzl wandte den Kopf. Er sah, wie der andere, das Messer in der Hand, den Arm hob und ausholte.

„Nein", flehte Johann, „nicht." Er wollte sich über den Kescher werfen, aber dabei fiel er vornüber und es wurde ihm schwarz vor Augen.

Als Johann Hölzl wieder zu sich kam, hatte die Abenddämmerung mit dunkelgrauen Wolken die letzten verglimmenden Sonnenstrahlen verschluckt. Ihm war kalt, und als er den Kopf hob, tat er so fürchterlich weh, dass Johann die Augen erst einmal lieber nicht offen behielt. Er rappelte sich auf die Knie, tastete mit den Händen um sich. Seine Finger fühlten: die Matte, auf der sein Kopf gelegen hatte, der Griff eines Messers, ein Netz – jetzt riss er, plötzlich klar, die Augen auf: der Hecht! Johann drehte den schmerzenden Kopf nach links und nach rechts, entdeckte nach und nach die einzelnen Teile seiner Angelausrüstung, aber was er nicht sah, war: der Hecht. Sein Hecht.

Mein Hecht ist weg, schloss er. Er hat's geschafft. Dem Heiligen Petrus sei Dank, er hat geholfen. Und ein riesiges, warmes Gefühl durchströmte ihn, so sehr, dass er heftig schnupfen und sich ein paar Tränen aus den Augen wischen musste, bevor er sich aufsetzte und versuchte, sich zu erinnern, was eigentlich passiert war. Umgekippt war er also und ohnmächtig geworden. Und dann hatte er dagelegen, mit dem Gesicht nach unten. Seltsam nur, dass dieser Schmerz in seinem Kopf vom Nacken ausging und nicht von der Stirn, auf die er doch gefallen sein musste. Irgendwas passte da nicht zusammen. Und überhaupt: dieser andere Angler, der ihm mit dem Hecht geholfen hatte. Wo war der denn abgeblieben? War der einfach davongeradelt?

Und dann hatte Johann Hölzl wieder die Szene, das letzte Bild, das er gesehen hatte, vor sich: den zum Schlag hoch erhobenen Arm des anderen, das an der Schneide gehaltene Messer. Und benommen wie er war, machte er sich daran, seine Siebensachen zusammenzupacken und im Fahrradanhänger zu verstauen.

Zu Hause wunderte Christel sich. Johann hatte ihr von seinem Fang erzählt, wie er gekämpft hatte und diesen wunderbaren großen Hecht nur mit Hilfe eines Anglerkollegen hatte anlanden können, und wie er es dann aber doch nicht übers Herz gebracht hatte, dieses schöne, tapfere Tier zu töten. „Jetzt schwimmt er wieder in der Donau, und ich schätze, der fällt nie wieder auf einen Gummifisch-Köder herein“, hatte er gesagt. Und dann nur noch stumm in ihren Spaghetti gestochert und trübsinnig vor sich hin geschaut. Müde hatte er ausgesehen und jedenfalls überhaupt nicht glücklich über sein Abenteuer. „Ich finde, du hast das ganz richtig gemacht“, hatte Christel versucht, ihn aufzumuntern. Johann hatte nur genickt und sich, sogar bevor er sein Bier ausgetrunken hatte, ins Bett verabschiedet. Irgendwas stimmt da nicht, dachte Christel, während sie die Teller in die Spülmaschine räumte, kurz vor zehn, das ist doch keine Zeit, um schlafen zu gehen. Aber weil sie ihren Mann gut genug kannte, versuchte sie gar nicht erst, nachzubohren. Morgen würde er von selbst mehr erzählen.

„Ich hab Kopfschmerzen“, sagte Johann Hölzl am Frühstückstisch, mehr nicht. Stand auf, setzte sich auf die Bank vor dem Fenster, starrte hinaus und blieb da sitzen. Stumm.

Christel ließ ihn in Ruhe. Ging nachmittags zum wöchentlichen Kaffeetratsch mit ihren drei Freundinnen, sie hatten sich immer viel zu erzählen, doch heute war Christel nicht richtig bei der Sache. „Tut mir leid“, sagte sie deshalb schon bald. „Ich glaub, ich muss heim. Irgendwas ist passiert, ich weiß nicht, was, aber Johann hat im Moment den Angler-Blues und ich mag ihn nicht so lang allein lassen.“

Lächelte noch ein „Ich-melde-mich“ in die Runde, und weg war sie. Und tatsächlich, als sie zurückkam, saß Johann immer noch am selben Platz vor dem Fenster.

„Immer noch Kopfschmerzen?“, fragte sie ihn. Sie legte ihm einen Arm um die Schultern und drückte ihn. „Mein armer alter Kater. Seit wann geht das denn schon?“

„Weiß nicht“, brummte Johann, der von der Beule, die er am Hinterkopf ertastet hatte, nichts erzählen wollte. Dann stemmte er sich hoch und stellte sich auf die Beine. „Wird schon besser werden. Ich nehm jetzt mal zwei Ibus.“ Christel war immer so besorgt um seine Gesundheit. Wenn er nicht achtgab, schickte sie ihn noch zum Arzt. Vorsichtshalber und um sie gar nicht erst auf die Idee kommen zu lassen, fragte er deshalb: „Was gibt’s denn heut Abend zum Essen?“

Den folgenden Tag schluckte er gleich morgens Ibuprofen. Die Kopfschmerzen klangen tatsächlich ab. Er verzog sich in den Garten, räumte den Schuppen auf, stapelte sogar die Holzscheite neu. Zwischendurch musste er sich hinsetzen. Während er wartete, dass das Flimmern verschwand und er wieder zu Atem kam, fragte er sich, warum er keine Lust hatte, angeln zu gehen. Dabei hatte er den prachtvollen großen Hecht doch ständig vor Augen.

Sogar nachts träumte er von ihm.

Tags drauf schob Christel ihm die aufgeschlagene Zeitung über den Frühstückstisch zu. „Schau dir das an.“ Sie deutete auf ein großformatiges Foto. Johann holte die Brille aus der Hemdtasche. „Das ist doch...“ Er riss die Augen auf, schüttelte den Kopf. „Ich glaub’s nicht.“

„Den kennst du also?“, fragte Christel. „Und das war der, der dir geholfen hat?“

„Ja“, nickte Johann. „Aber wieso war?“

„Lies es doch“, sagte Christel.

Und Johann las:

„TRAGISCHES ENDE DES GLÜCKSPILZ-ANGLERS. Erst zwei Tage war Anton G.(28) Mitglied im Angler-Verein, als ihm sein erster kapitaler Fang gelang: ein gut 20 Kilo schwerer, über 1 m langer Hecht, den er voller Stolz präsentierte (s. Foto)."

Johann Hölzl ließ das Blatt sinken. Der Kopf tat ihm plötzlich wieder so weh. Er fuhr sich mit der Hand über die Beule am Hinterkopf, wollte aufstehen. Christel hielt ihn zurück. „Bleib sitzen. Ich hol dir die Ibus. Du musst weiterlesen."

Johann starrte das Foto an. Dieses Prachtstück von einem Hecht – den hatte er doch wieder freigelassen? ... Wie kam er denn hier auf das Bild?

Es kostete ihn Mühe, sich erneut auf den Text zu konzentrieren.

„Die Freude währte nur kurz. Wie seine Frau uns mitteilte, hatte Glückspilz Anton G. am Abend darauf zur Feier des großen Fangs Freunde zum Hechtsuppenessen eingeladen. Strahlend präsentierte er die von ihm selbst zubereitete köstlich duftende Suppe. Man stieß an, es gab Trinksprüche und jede Menge Anglerwitze, und unter vielem Lachen, so die fassungslose Ehefrau, machte man sich ans Essen. Plötzlich aber fing Anton G. an zu würgen. Er hustete, sein Gesicht lief rot an, er würgte und hustete immer heftiger, bekam schließlich keine Luft mehr. Als er aufstehen wollte, brach er zusammen. Die Versuche der Freunde, ihn mit Herzdruckmassage und Mund-zu-Mund-Beatmung wiederzubeleben, blieben erfolglos. Der herbeigerufene Notarzt konnte nur noch den Tod feststellen."

Johann Hölzl faltete die Zeitung zusammen. Als Christel sich wieder neben ihn setzte, ein Glas Wasser vor ihn auf den Tisch stellte und zwei Ibuprofen dazulegte, schüttelte er unwirsch den Kopf.

„Ich hab's mir doch gedacht." Mit zusammengekniffenen Augen starrte er vor sich hin ins Leere. Dann donnerte seine Faust auf den Tisch, dass das Frühstücksgeschirr klirrte. „Aber das hat er jetzt davon."

„Wie bitte? Wer hat was wovon?“, fragte Christel erschrocken. Es kam nicht oft vor, dass ihr Johann so laut wurde.

„Der muss seinen Angelschein im Lotto gewonnen haben“, fauchte Johann. „Sowas tut man nicht.“ Und, hämisch mit dem Zeigefinger auf die Zeitung pochend: „Geschieht ihm ganz recht. Das war die Rache.“

„Versteh ich nicht“, sagte Christel. Die wirklich nicht verstand, was plötzlich in ihren lieben, freundlichen Mann gefahren war. Sie schluckte und zögerte etwas, bevor sie fragte: „Du meinst, der Hecht ... dein Hecht ...?“

Johann nickte. „Genau.“

Er stand auf. „Überhaupt weiß das doch jeder Depp“, brummte er. „Vom Hecht nimmt man die Filets. Alles andere läuft durch den Fleischwolf, bevor man es kocht. Oder sonst wie zubereitet. Außer man will partout an den Gräten ersticken.“

Er legte Christel einen Arm um die Schulter und drückte sie an sich. „Oder bringt man denen auch sowas heutzutage nicht mehr bei?“

Suppennudeln

Für den Teig:

Auf 100 g Mehl kommt 1 Ei oder 1/2 Ei und 1/2 Eischale Wasser und eine Prise Salz.

Zubereitung:

Mehl aufs Brett geben, kleine Grube machen, darin Ei verrühren, alles zu einem mittelfesten Teig verarbeiten und so lange kneten, bis er beim Durchschneiden eine wellige Zeichnung hat und vollkommen glatt ist. Auf wenig bemehltem Brett dünne Flecke ausrollen, antrocknen lassen, in 4 Teile schneiden, Schnittkanten aufeinanderlegen, zusammenrollen, die Suppennudeln so fein wie möglich schneiden.

Teigwaren unter Rühren in die kochende Brühe streuen. So lange kochen lassen, bis sie passen.

Ingrid Kellner

SUPPENNUDELN

Es ist schon eine Zeit her, dass Paula, eine ältere Landshuterin, wieder mal Besuch von ihrer Küchenfee bekommt. Ja, sie hat eine, circa siebenundzwanzig cm groß, rothaarig und im besten Elfenalter. Am liebsten sitzt sie auf dem Regal, auf dem sich Paulas kleine Handbuchsammlung ihrer Kochbücher befindet, unter anderem das Bayerische Kochbuch in der 42. Auflage.

Die Küchenfee fragt Paula, ob sie das Kochen daraus gelernt hat. Nein, erklärt Paula, sie habe Kochen noch in der Schule gehabt. Kochen und Handarbeiten hat damals ein Mädchen gebraucht, um seine natürlichen Bestimmungen erfüllen zu können.

„Natürliche Bestimmungen?“, wiederholt die Küchenfee fragend.

„Die zur Hausfrau und Mutter“, erklärt Paula. „Ich hab sie leider verfehlt, aber deshalb hab ich auch nicht jahrzehntelang dreimal täglich gekocht, abgespült, Wäsche gewaschen, gebügelt und geputzt.“

„So wie deine Mutter“, sagt die Fee.

„So wie meine Mutter“, bestätigt Paula. „Und meine Großmutter und Urgroßmutter. Ecetera Päpä.“

Da quarrt es aus dem Backofen, wo Paula ihre Pfannen aufbewahrt. „Apropos Ecetera Päpä“, sagt die Küchenfee, „so heißt meine Großmutter. Jetzt hast du sie gerufen.“ Sie holt eine dicke Kröte mit goldenen Augen aus dem Backofen und setzt sie neben sich aufs Regal.

„Eine tierische Verwandtschaft“, sagt Paula überrascht. Sie hat ein Faible für Großmütter und graust sich nicht vor Kröten. Die Küchenfee hat inzwischen Paulas kleines, schwarzes Schulkochheft gefunden, blättert darin und liest laut vor:

„Nudelteig-Rezept

Auf 100 g Mehl kommt 1 Ei oder 1/2 Ei und 1/2 Eischale Wasser und eine Prise Salz. Zubereitung: Mehl aufs Brett geben, kleine Grube machen, darin Ei verrühren, alles zu einem mittelfesten Teig verarbeiten und so lange kneten, bis er beim Durchschneiden eine wellige Zeichnung hat und vollkommen glatt ist.“

Zauberhaft schnell hat die Fee alles so gemacht, aber jetzt protestiert sie: „Das geht doch gar nicht mit so wenig Flüssigkeit. Das ist ja sadistisch.“

Paula lächelt böse. „Ja“, sagt sie. „Jetzt stell dir vor, ich hätte eine krause Dauerwelle, knöcherne, rotgefrorene Finger und Magenwehfalten zwischen Nase und Mund wie meine damalige Hauswirtschaftslehrerin.“ Verbissen knetet sie den Teig zusammen, schneidet ihn durch und zeigt auf die Wellen: „Da schau her!“

Die Küchenfee fühlt sich gedemütigt.

„Entschuldige“, sagt Paula, „aber so war es damals.“

Frau Ecetera Päpä fällt vor Lachen fast vom Regal. Als sie wieder sprechen kann, sagt sie: „Zu meiner Zeit gab es keinen Nudelteig. Wir haben Brei gegessen. Mehlschrot mit Wasser gekocht auf dem Dreibein am offenen Feuer. Der Ruß ist in die Augen geflogen.“

„Ja, ja, Oma“, sagt die Küchenfee.

Als der Nudelteig gerastet hat, darf ihn die Küchenfee auswalken. Sie ächzt, weil das so zäh geht. Immer wieder zieht sich der Teig zusammen.

„Lass mich mal!“ Paula hat eine blaue Schürze angezogen und klemmt den Teigrand zwischen Bauch und Tischkante, dann drischt sie wie ihre Oma mit dem Nudelholz auf den dicken Fladen ein, dass die Küche wackelt, von der Mitte nach außen, bis langsam eine runde, dünne Platte entsteht.

Die Küchenfee liest wieder vor: „Auf wenig bemehltem Brett dünne Flecke ausrollen, antrocknen lassen, die Flecke in 4 Teile schneiden, Schnittkanten aufeinanderlegen, zusammenrollen, auf dem Schneidebrett die Suppennudeln so fein wie möglich schneiden. Teigwaren unter Rühren in die kochende Brühe streuen. Selbstgemachte, gut getrocknete Teigwaren zehn Minuten kochen lassen."

„Merci, Mausi!", sagt die Küchenfee.

„Da war noch nichts von al dente bekannt", grinst Paula und deckt den Küchentisch für drei.

„Mahlzeit, Oma!", sagt die Küchenfee.

Paula sieht zu, wie sich die Kröte vergnügt die weichen Nudeln reinzieht und schluckt, ohne zu kauen. Muss sie ja auch nicht.

„Da fällt mir etwas ein", sagt Frau Ecetera Päpä: „Das reichste Mahl ist freudenleer, wenn nicht des Wirtes Zuspruch und Geschäftigkeit den Gästen zeigt, dass sie willkommen sind. Satt essen kann sich jeglicher zu Hause; geselliges Vergnügen, munteres Gespräch muss einem Festmahl Würze geben."

Paula ist baff. Dann bemerkt sie, dass die Kröte auf ihrem schwarzen Schulkochheft hockt und sich wohl per Osmose den Eintrag der Hauswirtschaftslehrerin, einen Spruch von Friedrich von Schiller, reingezogen hat. Nicht nur alle Nudeln.

Fuchsenfouda

Zutaten:

4 Schornbladln
4-6 gekochte Kartoffeln
etwas Öl
eine Prise Salz

Zubereitung:

Schornbladln in kleine Stücke brechen, in eine Schüssel geben und mit reichlich kochendem Wasser übergießen. Alles zugedeckt ca. 10 Minuten ziehen lassen. In der Zwischenzeit die ausgekühlten Kartoffeln in kleine Stücke schneiden. Nun das Wasser abgießen. Öl in einem Reindl erhitzen. Schornbladln- und Kartoffelstücke hinzugeben, salzen und für circa 10-15 Minuten ins heiße Rohr oder in den auf 200 Grad vorgeheizten Backofen schieben. Fertig.

Übrigens:

Schornbladln sind dünne Teigfladen, die früher beim Brotbacken aus dem Restteig geformt und im Backofen gedörrt wurden. Heutzutage bekommt man sie vor allem in regionalen Bäckereien und Bauernläden.
Wer Schornbladln selber machen möchte, kann sie ganz einfach herstellen, indem man Mehl mit etwas Salz und Wasser vermischt, bis sich ein fester Teig daraus kneten lässt. Den Teig etwas ruhen lassen, im Anschluss teilen und mit einem Nudelholz dünn ausrollen. Die dadurch entstehenden Teigflecke auf ein mit Backpapier belegtes Blech legen und bei ca. 180 Grad backen, bis sie – je nach Dicke – leicht Farbe angenommen haben.

Gabriele Kiesl

VON ALTEN GEWOHNHEITEN UND RÄTSELHAFTEN FUNDSTÜCKEN

Es war an einem heißen Tag in einem noch viel heißeren Sommer. Selbst der Quadfeldmühlbach, der sich wildromantisch im Schatten der alten Klostermühle schlängelte und einst durch seine Kraft die Wasserräder in Bewegung gesetzt hatte, wies einen erschreckenden Tiefstand auf. Ich setzte mich auf die kleine Bank am Ufer des Bachs, die zwischen zwei großen Bäumen stand und mich an die Schulzeit erinnerte, weil sie zusätzlich zur Sitzfläche auch noch eine Tischplatte zum Schreiben bot. Genau der passende Ort, um meinen alten Schulfreund Maximilian wieder zu treffen, mit dem ich einst gemeinsam die Schulbank gedrückt hatte. Aufgeregt blickte ich immer wieder auf meine Armbanduhr und konnte seine Ankunft kaum mehr erwarten. In den letzten zwanzig Jahren hatten wir uns aus den Augen verloren. Ich kann mich noch genau an den Tag erinnern, an dem er mir mitteilte, dass er auswandern und für immer das Land verlassen würde. Er, der von Kindheitsbeinen an im Chamer Landkreis verwurzelt war und die heimische Tradition pflegte. Er, der fest als Nachfolger des elterlichen Unternehmens vorgesehen war. Er, der keine Gelegenheit auszulassen schien, um sich stolz in Tracht zu präsentieren. Er, mein bester Freund, verließ Hals über Kopf Familie, Freunde und Kollegen, um fortan mit seiner Urlaubsliebe in Süditalien zu leben. Noch heute brodelt es in mir, wenn ich daran denke. Und auch wenn ich mittlerweile längst selbst verheiratet und stolzer Vater zweier Kinder bin und Maximilian bereits des Öfteren mit meiner Frau in Italien besucht habe – seine Abwesenheit schmerzte immer noch sehr.

Voller Vorfreude auf unser Wiedersehen harrte ich der Dinge. Ich legte meinen Kopf in den Nacken, schloss die Augen und atmete tief ein. Es duftete nach Sommer – einem Gemisch aus frisch gemähtem Gras, blühenden Sträuchern, Grillqualm und brennendem Birkenholz, das sicher gerade den Holzofen der Klostermühle Altenmarkt befeuerte. Hungergefühl machte sich in meiner Magengrube breit. Ich freute mich auf das gemeinsame Mittagessen und sollte auch nicht mehr lange darauf warten müssen. Denn als ich meine Augen wieder öffnete, sah ich ihn bereits freudestrahlend auf mich zukommen. Gut sah er aus, der Max. Braun gebrannt und mit strahlend weißen Zähnen grinste er mich an. Und ehe wir uns versahen, saßen wir auch schon gemeinsam auf einem schattigen Platz in der Remise des Innenhofes der historischen Klostermühle. Was früher als Unterstand für Pferdekutschen, Anhänger oder zur Lagerung von Getreide gedacht war, bot heutzutage eine beliebte Sitzmöglichkeit, um traditionelle Küche zu genießen. Selbst bei schlechterer Witterung war man nicht dem böhmischen Wind ausgesetzt, denn die Hinterseite der Remise war durch eine Holzwand geschlossen. Hier verbrachte ich immer wieder gerne meine Zeit bei einem Bier, während meine Frau, die auf regionale Produkte größten Wert legte, im Bauernladen der Mühle einkaufte.

„Was bestellst du?“ Maximilian, der sich beim Lesen der Speisekarte anscheinend nicht entscheiden konnte, sah mich fragend an.

„Na, was wohl?“ Ich grinste und hoffte darauf, dass er sich noch an mein Lieblingsgericht erinnern konnte.

Er lachte. „Nicht dein Ernst?“

Entschuldigend zog ich meine Achseln hoch. „Manche Dinge ändern sich halt niemals, mein Freund!“

„Echt jetzt? Du bestellst tatsächlich immer noch gern dieses Fuchsdings … wie heißt es doch gleich?“

„Fuchsnfouda!“, sprach ich den Namen des Gerichtes originalgetreu in Oberpfälzer Dialekt aus.

Maximilian schüttelte den Kopf. „Ich habe ehrlich gesagt nie verstanden, warum dir das Zeug so schmeckt, beziehungsweise, warum man das so nennt. Hat man damit früher Füchse gefüttert, oder was?“, scherzte er.

„Wenn, dann wohl eher Pferde!“ Besserwisserisch zog ich meine Augenbrauen hoch.

„Pferde?“

Ich nickte, erhob mein Bierglas und nahm einen großen Schluck. „Ein braunes Pferd mit heller Mähne wird volkstümlich auch als Fuchs bezeichnet. Daher soll das Gericht ursprünglich seinen Namen haben. Zumindest habe ich das mal gehört. Doch ich denke nicht, dass man sie damit gefüttert hat.“

Maximilians Blick wanderte über den Hof hinüber zur Küche. „Und aus was besteht dieses Gericht gleich noch mal?“ Bevor ich antworten konnte, winkte er ab. „Nein, warte! Erklär es mir nicht, mal sehen, ob ich es erraten kann, wenn ich es nachher vor uns auf dem Tisch stehen sehe.“

Nachdem er sich für einen traditionellen Schweinebraten entschieden hatte, weil er – wie er sagte – endlich mal wieder etwas anderes als Pizza aus einem Holzofen serviert bekommen wollte, ließen wir die vergangenen Jahre Revue passieren. Wie es meist bei Menschen mittleren Alters und somit auch bei uns ist, endete unser Gespräch dabei schließlich in unserer Kindheit. Wehmütig erinnerte sich Maximilian an seinen längst verstorbenen Großvater, mit dem er als kleiner Bub oft stundenlang am Quadfeldmühlbach spazieren gegangen war.

Er blickte hinüber auf die Mühle und lächelte. „Weißt du, ich habe meinem Großvater immer gern zugehört, wenn er mir eine seiner unheimlichen Geschichten erzählt hat. Selbst dann, wenn ich bereits ahnte, dass ich abends danach sicher nicht schlafen konnte." Maximilian wischte sich Bierschaum aus dem Mundwinkel.

Ich wurde neugierig. „Was waren das denn für Geschichten?"

Mein alter Kumpel grinste mich breit an. „Wenn ich es mir so recht überlege, dann handelte eine der gruseligsten sogar von diesem Fuchsnfutter!"

„Fouda!", korrigierte ich ihn.

„Von mir aus …" Maximilian winkte ab. „Jedenfalls hat er mir einmal erzählt, dass sich in der alten Mühle wohl einst etwas ganz Schreckliches zugetragen haben muss. Denn Anfang 1900 habe man bei einem Umbau eine wahrhaft gruselige Entdeckung gemacht. Man stieß dabei nämlich bei einem Durchbruch vom Mühlengebäude zum Austragshaus auf eine fensterartige Vertiefung, in der sich, zum Schrecken der Arbeiter, ein eingemauerter Totenschädel befand."

Erstaunt sah ich ihn an.

Gerade als ich nachfragen wollte, was es mit diesem außergewöhnlichen Fund auf sich hatte, kam die Bedienung mit unserem Essen. Freundlich lächelnd stellte sie das Tablett auf der Tischplatte ab. „Also, das wäre dann einmal der Schweinebraten mit Semmelknödel für den Herrn." Sie reichte Maximilian den dampfenden Teller. „Und dann noch einmal dem Fuchsn sei Fouda für Sie!" Damit war ich gemeint. Sie wünschte uns einen guten Appetit, stellte mir mein Reindl vor die Nase und machte eilig kehrt. Zufrieden richtete sich mein Blick auf mein Essen, während Maximilian seinen Kopf ebenfalls in die Richtung meines Gerichts reckte.

„Ach ja, jetzt weiß ich's wieder: Das ist ein Kartoffel-, Nudelgericht. Stimmt's?"

Lehrerhaft streckte ich meinen Zeigefinger in die Höhe. „Nicht ganz! Richtig gesagt ist es ein Kartoffel- und Schornbladl-Gericht.

Letztere sind dünne Teigfladen, die man früher beim Brotbacken aus dem übrig gebliebenen Teig ausgerollt und im Anschluss im Backofen gedörrt hat.“ Erstaunt über mein Fachwissen, fing Maximilian zu klatschen an.

„Hör schon auf damit!“, wies ich ihn zurecht. „Erzähl lieber deine Gruselgeschichte zu Ende!“

Hungrig machte sich Maximilian über sein Essen her und fuhr – wenn auch etwas unverständlich – mit seiner Erzählung fort. „Also, an dem Schädel ... dessen Haut übrigens laut den Worten meines Großvaters vollständig mumifiziert war, befanden sich sogar noch alle Haare. Dunkel und sehr lang sollen sie gewesen sein.“

„Na ja, angeblich sollen die Haare ja nach dem Tod weiterwachsen ...“, kommentierte ich.

„Blödsinn!“ Maximilian tippte sich mit dem Zeigefinger an die Stirn. „Das ist ein absolutes Ammenmärchen. Ich habe mal gelesen, dass sich nach dem Tod lediglich alte, abgestorbene Hornzellen vor sich herschieben. Dadurch sieht es so aus, als ob die Haare weiter wachsen würden. Ähnlich passiert das im Übrigen auch mit den Finger- und Fußnägeln.“

Maximilian schnitt seinen zweiten Knödel durch und aß munter weiter, während mir mein Essen langsam im Halse stecken blieb. Kauend deutete mein Freund mit seiner Gabel auf das Haupthaus des Mühlengeländes. „Sie hatte sogar noch alle Zähne. Das muss man sich mal vorstellen ...“

„Sie?“

„Ach so, das habe ich dir ja noch gar nicht erzählt. Der Schädel gehörte nämlich einer Frau.“

„Woher weiß man das denn? Wegen der langen Haare?“

„Auch. Aber in erster Linie sicherlich, weil ihr Schädel noch ein Spitzenhäubchen trug“, scherzte er.

„Ein Spitzenhäubchen?“

„Na ja, so eins wie die Bediensteten früher trugen. Später hat man wohl herausgefunden, dass es sich bei ihr um eine einstige Köchin des Hauses gehandelt hat, die ausschließlich fürs Fuchsnfouda zuständig war."

Maximilian nahm sein Messer, hob eine Kartoffelscheibe von meinem Teller an und lugte darunter.

„Was ist?" Irritiert sah auch ich mir die Unterseite einer meiner Kartoffelscheiben an.

„Nichts, nichts. Du solltest nur etwas vorsichtiger sein. Diese ‚Schädelfrau' soll nämlich angeblich schlecht gekocht haben … also ich meine, tödlich gekocht haben – du weißt sicher, was ich meine."

„Na, und? Selbst wenn?" Ich versuchte, mich selbst zu beruhigen. „Das alles ist doch bereits eine Ewigkeit her und die Frau ist längst tot."

„Die Frau schon, aber ihr Fluch währt ewig!"

Langsam hatte ich genug von dieser Gruselgeschichte. Ich fragte mich, ob Maximilian noch wusste, dass ich für derartige Storys empfänglich war, und entschied mich, erst gar nicht näher auf den Fluch einzugehen. Schon allein aus dem Grund, weil ich seiner Geschichte beziehungsweise der seines Großvaters keinen großen Glauben schenken wollte. Immerhin lebte ich schon von Geburt an in Cham und hatte noch nie etwas Derartiges zu Ohren bekommen. Das Einzige, was mich dabei irritierte, war der coole Gesichtsausdruck meines Freundes. Früher hätte er mir so etwas niemals mit ernstem Gesichtsausdruck erzählen können. Er hätte mit Sicherheit irgendwann laut loslachen müssen.

Als ich plötzlich die Müllnerin über den Hof gehen sah, witterte ich meine Chance und winkte sie zu mir herüber. Es wurde Zeit, den Spieß umzudrehen. Prompt erkundigte ich mich über den angeblichen Schädelfund und rieb mir bereits siegessicher die Hände.

Auf ihre Antwort war ich allerdings nicht vorbereitet. Sie bestätigte nämlich nicht nur das tatsächliche Auffinden des Totenschädels, sondern berichtete ebenso über dessen ungewöhnlich gut erhaltenen Zustand. Selbst das Spitzenhäubchen erwähnte sie. „Den grausigen Fund brachte man damals zum einstigen Stadtpfarrer“, sagte sie zu uns. „Der konnte sich das auch nicht recht erklären. Man vermutete, dass es in früheren Zeiten wohl ein Totenbrauch gewesen war, den Kopf einer wichtigen Persönlichkeit aufzubewahren, um ihn dann letztendlich einzumauern.“

Erleichtert brachte ich nun doch ein zaghaftes Grinsen zustande. „Hast du gehört, Maximilian? Ein Totenbrauch wichtiger Persönlichkeiten!“

Bevor jedoch mein alter Freund irgendetwas zu seiner Verteidigung sagen konnte, fuhr die Müllnerin fort: „Warum damals allerdings eine mordende Köchin als wichtige Persönlichkeit angesehen wurde, bleibt wohl ein Rätsel. Doch solange sich der Fluch unter meiner Müllnerschaft nicht weiter fortsetzt, soll's mir recht sein.“ Als wolle sie dies bekräftigen, klopfte sie mir auf die Schulter und verabschiedete sich von uns.

Wie in Zeitlupe legte ich meine Gabel auf dem Tellerrand ab. Mittlerweile war mir definitiv der Appetit vergangen.

„Jetzt verstehst du sicher, warum ich mich langfristig für die italienische Küche entschieden habe!“, scherzte Maximilian und zwinkerte mir zu.

Ich weiß nicht mehr, wie lange es gedauert hat, bis ich erfuhr, dass die Müllnerin und mein bester Freund mir bezüglich des Fuchsnfouda-Fluchs einen Streich gespielt hatten. Doch erstaunt war ich allemal darüber, dass zumindest der ominöse Schädelfund samt Spitzenhäubchen der Wahrheit entsprach.

Gänseleberpasteten mit Champignons

Zutaten für 6–8 Personen:

500 g frische Gänseleber
350 g Champignons
30 g Butter
Salz und Pfeffer
1 TL frische Thymianblätter
3 EL Semmelbrösel
6-8 Blätterteigquadrate
2 Eigelb

Zubereitung:

Die Gänseleber von Adern und Sehnen befreien und in Würfel schneiden. Die Champignons mit einem Tuch feucht abreiben und ebenfalls in Würfel schneiden. Die Butter in einer beschichteten Pfanne schmelzen und die Pilze darin anbraten. Dann die Leber dazugeben und kurz anbraten. Champignons und Leber zum Abkühlen beiseitestellen. Salz, Pfeffer und Thymian hinzufügen, mit den Semmelbröseln vermischen und circa zehn Minuten quellen lassen.
Den Backofen auf 200 Grad Ober-/Unterhitze vorheizen. Die Lebermasse in der Mitte der Blätterteigquadrate verteilen, die Teigecken hochschlagen und über der Füllung zusammendrücken.
Die Teigtaschen dann auf ein mit Backpapier belegtes Backblech geben und mit Eigelb bestreichen. Im vorgeheizten Ofen 20 Minuten backen und heiß servieren.

Quelle: Helmut Lingen Verlag (Hg.): Lust auf Landhausküche. Pasteten, Terrinen & Co. Köln 2011.

Julia Kathrin Knoll

DAS LÄCHELN DER KAISERIN

Hektische Betriebsamkeit und unerträgliche Hitze herrschten in der Küche des Goldenen Kreuzes. Seufzend wischte Xaver sich den Schweiß von der Stirn. Seit einem halben Jahr arbeitete er nun schon als Küchenjunge im ältesten Hotel Regensburgs, aber an den Trubel, der hier herrschte, wenn besonders illustre Berühmtheiten im Haus waren, hatte er sich noch immer nicht gewöhnt.

Diesmal hatten sie Kaiser Franz Joseph und seine schöne Gemahlin, die Kaiserin Elisabeth, persönlich zu Gast. Da musste natürlich alles perfekt sein! Derart hochgestellte Besucher sah schließlich selbst das Goldene Kreuz nicht alle Tage.

Allein die vielen Köstlichkeiten, die zur Bewirtung der Gäste aufgefahren wurden!

Xaver bekam von diesen freilich nur wenig zu Gesicht. Den ganzen Vormittag über hatte er Geschirr waschen müssen und jetzt schnippelte er schon seit einer gefühlten Ewigkeit Gemüse. Nicht für die Majestäten, sondern für den Eintopf, der für das Mittagessen des Personals vorgesehen war. Seine Augen tränten bereits vom vielen Zwiebelschneiden, und der beißende Geruch brannte in seiner Nase.

Dabei hätte er sich viel lieber den kunstvollen Vorspeisen gewidmet, an denen Schorsch im Moment arbeitete. Gerade holte er ein

Tablett mit perfekt geformten Pastetchen aus dem Ofen und ein köstlicher Geruch verbreitete sich in der gesamten Küche. Neidisch blickte Xaver auf die gold glänzenden Teigtaschen. Sie waren mit Gänseleber und Pilzen gefüllt und mit Kräutern fein abgeschmeckt. Xaver sah das Rezept geradezu vor sich. Wie gern hätte er ebensolche Leckereien kreiert, aber da er noch im ersten Jahr seiner Ausbildung war, blieb ihm nur das verhasste Zwiebelschneiden!

Dabei wusste Schorsch sein Privileg noch nicht einmal zu schätzen. Den ganzen Tag schon träumte er vor sich hin und seufzte dabei ab und an: „Hach, die Kaiserin … hast du sie schon mal gesehen?" Mit glasigem Blick schaute er zu Xaver hin. „Wie eine Fee sieht sie aus! Sie ist gewiss die schönste Frau auf Erden, und ihr Lächeln ist einfach bezaubernd."

So ein Angeber, dachte sich Xaver im Stillen. Als ob Schorsch das Lächeln der Kaiserin je zu Gesicht bekommen hatte, dieser Wichtigtuer!

Xaver selbst hatte ohnehin nur Augen für Vroni, das hübsche neue Zimmermädchen. Vroni befand sich jedoch so weit außerhalb seiner Reichweite, als lebte sie auf dem Mond, und er selbst auf einem fernen, einsamen Stern. Keck war sie und selbstbewusst und um eine freche Antwort selten verlegen. Xaver hingegen wurde schon rot, wenn er nur daran dachte, sie anzusprechen. Dabei wäre die Gelegenheit gerade günstig gewesen, denn Vroni trieb sich heute ungewöhnlich häufig in der Küche herum. Seit geraumer Zeit erhitzte sie nun schon Kanne um Kanne Ziegenmilch in großen Töpfen und schleppte sie dann eimerweise aus der Küche. Die Kaiserin hatte sich nämlich in den Kopf gesetzt, ein Bad zu nehmen, um ihre schöne, zarte Haut zu pflegen. Allerdings nicht auf ihrem Zimmer, sondern auf dem Dach des Hauses, weshalb Vroni jetzt die warme Ziegenmilch sämtliche Treppen hinauf bis zum Dach schleppen musste. Ganz außer Atem war sie bereits, die Ärmste, und vereinzelte Strähnen ihres blonden Haares hatten sich unter ihrer Haube gelöst und fielen ihr nun ins das hübsche, von der Anstrengung ein wenig gerötete Gesicht.

Ganz zauberhaft sah das aus, fand Xaver, Vroni jedoch schimpfte nur übellaunig vor sich hin und bemerkte nichts von seiner Bewunderung.

„Was für absurde Marotten“, murmelte sie gerade schnaubend. „Ein Bad auf dem Dach! Und natürlich nicht in Wasser wie bei gewöhnlichen Leuten! Was denken sich diese vornehmen Weibsbilder …“

Sie unterbrach sich unvermittelt, als die Köchin ihr einen schmerzhaften Klaps auf den Hinterkopf verpasste.

„Mund halten!“, zischte die Köchin erbost. „In meiner Küche werden keine Gäste beleidigt! Und schon gar keine Majestäten!“

Vroni verzog das Gesicht. „Irgendwann bade ich auch mal in Milch“, maulte sie störrisch.

„Ja, und irgendwann lernen Schweine fliegen!“, lachte die Köchin spöttisch. „Aber bis dahin machst du deine Arbeit, und zwar stumm, wenn ich bitten darf!“

Vroni schnaubte noch einmal, sagte aber nichts mehr, sondern blickte nur schweigend und ein wenig sehnsüchtig auf die Pastetchen. Sie kühlten duftend auf dem Tisch ab – Vroni wagte jedoch nicht, sich eine davon zu nehmen.

Xaver beobachtete es voll Mitgefühl. Bestimmt war Vroni bei all der Arbeit noch nicht einmal dazu gekommen zu frühstücken. Oh, und er hätte ihr ganz köstliche Pasteten kreieren können! Mit Trüffeln vielleicht oder Wild … Nicht, dass er sich solch erlesene Zutaten hätte leisten können, aber ihm wäre schon etwas eingefallen, das ihr schmecken würde!

Vroni wandte sich indes missgelaunt ab und schleppte schweigend ihren Milcheimer zur Tür hinaus, während eine zweite Fuhre Ziegenmilch blubbernd vor sich hin köchelte.

Xaver, der Vronis rebellisches Gemüt insgeheim bewunderte, schob hastig den Milchtopf vom Herd und stellte ihn beiseite, bevor die Flüssigkeit anbrennen konnte.

Und da passierte es.

Baldur, der pechschwarze Kater, der sich im Hotel heimlich von den Gästen durchfüttern ließ, schlüpfte durch die Küchentür, die Vroni in ihrer Wut offen gelassen hatte, hopste auf den Tisch und stibitzte eine von Schorschs Pasteten.

Die Köchin kreischte entsetzt, und Schorsch grapschte hastig nach dem Kater. Dieser rettete sich mit einem gewagten Sprung auf eines der Vorratsregale und fegte dabei Xavers Schale mit gewürfelten Zwiebeln um. Platschend landeten die Zwiebeln in Vronis heißer Milch, die Köchin brüllte, man möge ihr das „Untier" vom Hals schaffen, und Schorsch begann eine wilde Jagd auf den Kater, die der Kater gewann, indem er wie ein schwarzer Blitz durch die noch immer geöffnete Küchentür entschwand. Natürlich nicht, ohne einen weiteren Leckerbissen zu erbeuten.

Xaver atmete tief durch und unterdrückte ein Ächzen, als ihm klar wurde, dass er nun mit den verhassten Zwiebeln wieder von vorne anfangen musste. Obwohl: Vielleicht waren sie ja noch zu retten? Zweifelnd sah er sich nach dem Milchtopf um, und ein eisiger Schreck durchzuckte ihn. Er war leer! Vroni musste die Milch bereits abgeholt haben, und Xaver hatte es in all dem Chaos gar nicht bemerkt!

Aber in der Milch waren ja die Zwiebeln! Und die Milch war doch für das Bad der Kaiserin gedacht! Die Kaiserin konnte doch nicht, sie konnte doch unmöglich … in Zwiebelmilch baden! Xaver schüttelte es vor Schreck. Hastig stürzte er aus der Küche und raste atemlos durchs Hotel.

Er erwischte Vroni mit dem Milcheimer in der Hand auf der Treppe, die zum Dach führte, stolperte ungeschickt und rannte so unglücklich in sie hinein, dass sie mit einem Aufschrei den Eimer fallen ließ. Milch und Zwiebelwürfel ergossen sich über die Treppe.

„Bist du irre?", schrie Vroni erbost. „Kannst du denn nicht aufpassen?"

„T-t-tut mir leid ...", stammelte Xaver eingeschüchtert. „Aber der Kater! Und die Zwiebeln! Und die Kaiserin!" Stockend erzählte er von dem kleinen Malheur in der Küche.

Vroni wurde blass. „Das heißt, ich ... ich hätte der Kaiserin um ein Haar Zwiebelmilch ins Bad geschüttet?" Zitternd strich sie sich eine ihrer Haarsträhnen aus dem Gesicht. „Und ich habe in der Eile nicht mal gemerkt, dass die Milch verdorben war!"

Plötzlich fiel sie Xaver um den Hals. „Oh Himmel, danke, dass du mich aufgehalten hast! Die hätten mich ja sonst rausgeworfen! Weißt du, ich schimpfe zwar immer über diese Arbeit, aber ich brauche doch das Geld und ..."

Sie unterbrach ihren Redefluss und löste sich hastig von Xaver, der gar nicht mehr richtig wusste, wie ihm geschah. Mit klopfendem Herzen und puterrotem Gesicht wandte er sich ab, um Putzzeug zu holen.

Gemeinsam beseitigten sie die milchige Sauerei und Vroni schenkte Xaver dabei ein dankbares Lächeln. Xaver fand, ihr Lächeln war schöner als das jeder Kaiserin.

Nachtrag:

Aufgrund völlig falscher Berichte verbreitete sich nach diesem Vorfall in Regensburg das Gerücht, die Kaiserin Elisabeth habe im Goldenen Kreuz in Zwiebelmilch gebadet. Zwiebelmilch avancierte daraufhin unter den vornehmen Bürgersfrauen zum letzten Schrei in der Schönheitspflege – bis ein gewisser Xaver, der früher einmal Küchenjunge im Goldenen Kreuz gewesen war, duftende Badezusätze erfand, mit denen er fortan ein Vermögen verdiente. Seine Frau Vroni aß jeden Tag die köstlichen Pasteten ihres Mannes und konnte es sich sogar leisten, regelmäßig in Ziegenmilch zu baden. Ohne Zwiebeln, versteht sich.

Halloumi-Burger mit Grillgemüse

Zutaten für 2 Personen:

zwei Vollkornsemmeln
eine Packung Halloumi
eine rote Paprika
eine kleine Zucchini
eine Schalotte
zwei Salatblätter
Rucola
Pesto Rosso
scharfe Soße nach Bedarf

Und so geht's:

Halloumi, Paprika und Zucchini in Scheiben schneiden und auf den Grill legen. Die Semmeln halbieren und mit Pesto Rosso bestreichen. Darauf kommen die Salatblätter und der Rucola.
Den gegrillten Halloumi, das Grillgemüse und die geschnittene Schalotte aufschichten und in Burger-Form bringen. Und wer jetzt noch nicht vor Freude weint, darf mit der scharfen Soße nachwürzen.
Dazu passen Ouzo und Ayran (griechisch-türkische Freundschaft).

Angela Kreuz

NEULICH IM SUPERMARKT

Paula schob den leeren Einkaufswagen vor sich her; ihr Blick schweifte über die vollgefüllten Regale, alles, aber auch wirklich alles schien in Plastik abgepackt zu sein. Zum Frühstück hatte sie eine Doku über den Grünen Punkt gesehen; nur 15% der Gelben Säcke würden recycelt werden, der Rest landete in den Müllverbrennungsanlagen oder noch schlimmer in südostasiatischen Dörfern, weil die Behörden schliefen. Und dafür trennte sie jedes Fitzelchen Müll? Die Reporterin war auf einem Müllberg vor einer Palme gestanden und hatte eine Bounty-Verpackung in die Kamera gehalten. Allein der schmutzige Transport der Säcke übers Meer musste eine Zumutung für die Ozeanbewohner sein.

Was wollte sie eigentlich einkaufen? Paula zückte ihr Handy. Gemüse, Eier, Wurst, Fisch, Müsli.

Endlich entdeckte sie oben im Regal eine Verpackung aus Pappe. Paula stellte sich auf die Zehenspitzen, holte sie herunter und schüttelte sie leicht. Es hörte sich an, als wäre das Müsli innen noch in Plastik verpackt. Außerdem war es nicht Bio und schon gar nicht Fair-Trade. Palmöl ging gar nicht. Und Glyphosat wollte sie sich auch nicht in den Mund stecken, schließlich hatte sie noch einiges vor in ihrem Leben – wenn sie endlich mal zum Leben kam, anstatt sich den lieben langen Tag Gedanken über die Umwelt machen zu müssen. Wann war sie denn zum letzten Mal in den Urlaub geflogen, hatte ausgelassen Party gefeiert, geschweige denn Sex gehabt? Ständig mit einem schlechten Verbraucher-Gewissen herumzulaufen, ging ihr so was von auf die Nerven; irgendwie hatte alles einen Haken. Dabei konnte sie sich noch so informieren, 1000 Petitionen gegen Billigproduzenten unterschreiben und sich eine Doku nach der anderen reinziehen, aber wirklich zu wissen, was in den Produkten drin war und wo und unter welchen Bedingungen sie hergestellt waren, das ging doch gar nicht. Sie konnte ja nicht jeden einzelnen Artikel nachrecherchieren, bevor sie ihn kaufte! Und dass dagegen die Konzerne jedes Recht hatten, überall auf der Welt skrupellos billig zu produzieren, leuchtete ihr nicht ein; anscheinend hatten gerade die Hersteller überhaupt keine Verantwortung.

Himbeere war sowieso nicht ihre Geschmacksrichtung. Paula stellte die Verpackung wieder zurück. Vielleicht sollte sie in die Biosupermarkt-Apotheke an der Kumpfmühler Brücke gehen, die mit dem beknackten Slogan „Kernkraft. Ja bitte!“ warb, und als Ausgleich weniger Lebensmittel einkaufen, so viel Geld hatte sie auch wieder nicht. Du entscheidest, haha. Dann wurde sie halt nicht satt und musste hungrig zu Bett gehen. Aber selbst im Biosupermarkt gab es auch das meiste nur in Plastik. Als ob Bio nichts mit Verpackung zu tun hätte!

Ihr Handy fiepte. Fährst du am Freitag mit uns zur FFF-Demo nach Berlin?, wollte ihre Freundin wissen. Nele hatte es gut, sie war vor drei Jahren ihrer Traumfrau über den Weg gelaufen; sie waren ständig unterwegs, erlebten lauter tolle Sachen und wollten im Sommer heiraten. Und Paula? Sie hatte nicht einmal jemanden, mit dem sie auf die Hochzeit gehen könnte, und kam sich schon richtig schwer vermittelbar vor. Vielleicht war sie auch einfach zu anspruchsvoll. Wenigstens hatte sie ihre Katzen daheim. Eigentlich sollte sie mal ausspannen nach den Prüfungen, sie hatte wochenlang nur noch gelernt. Ihr ganzer Rücken war vom vielen Sitzen verspannt. Sich in der Therme von einem attraktiven Masseur oder wenigstens im kostenlosen Massagesessel durchkneten zu lassen, täte ihr momentan gut. Doch angesichts der drohenden Klimakatastrophe waren ihre Erholungsbedürfnisse zweitrangig, schließlich stand Australien in Flammen.

Ihr Magen knurrte. Aber was sollte sie jetzt nur einkaufen?

Paula lief ziellos in den Gängen herum und machte beim Kühlregal halt. Die weißen JA-Artikel sprangen ihr ins Auge: JA zur Massentierhaltung, JA zum Kükenschreddern, JA zu Pestiziden und Herbiziden. Sie sollte endlich mit dem Fleischessen ganz aufhören, statt immer nur vom Reduzieren zu reden. Wenn es nur nicht so gut schmeckte. Manchmal sehnte sich Paula in die Zeit zurück, als sie sich noch nicht den Kopf übers Essen zerbrochen hatte. Zu Hause hatten sie einfach Abendbrot gegessen, es gab Wurst, Käse, Butter und Brot und keiner hatte sich gefragt, wo die Sachen herkamen. Man aß einfach, weil man Hunger hatte, fertig.

Paula klickte die Schminkspiegel-App an. Aus dem langen Seitenzopf hatten sich ein paar Haarsträhnen gelöst, was ihr Gesicht ein wenig weicher machte. Sie kramte in ihrer Tasche und trug rasch den Lippenstift auf, er passte perfekt zu ihrem bunten Tweed-Mantel. Sie öffnete den obersten Knopf und zupfte sich ein paar Katzenhaare vom Kragen. Was wohl die beiden Stubentiger gerade anstellten? Sie lächelte ihrem Spiegelbild zu.

„Darf ich mal?“, sagte jemand neben ihr.

„Oh, Entschuldigung.“ Paula schob ihren Wagen zur Seite. Sie erstarrte. Der Typ mit dem wilden Männerdutt aus der PT-Cafete. Der so nett lachte. Als sie neulich an seinem Tisch vorbeigelaufen war, war ihm der Kaffeebecher umgekippt und die Brühe über die helle Jeans gelaufen. Und jetzt stand er neben ihr und sie konnte sein Rasierwasser riechen. Sie hatte keine Ahnung, ob sie ihn grüßen sollte.

„Hi“, sagte er.

Es sah ganz danach aus, als ließe er sich einen Bart wachsen. Wozu brauchte er dann Rasierwasser? War er heute noch nicht zum

Duschen gekommen? Zumindest war der peinliche Fleck auf seiner Hose verschwunden.

„Hi.“ Sie hielt sich am Griff ihres Wagens fest.

Seine grünen Augen sahen sie direkt an. „Wir machen am Samstag Wintergrillen auf dem Dach.“

„Wintergrillen?“, fragte sie entgeistert.

„Dann ist nicht mehr so lange hin bis zum Sommer.“ Er lachte leise, öffnete die Glastüre und nahm einen Stapel eingeschweißter Koteletts aus dem Schrank. „Hast du auch Lust zu kommen?“

Seine Einladung kam etwas plötzlich.

„Kommt darauf an“, sagte sie, um etwas Zeit zu gewinnen. „Auf welchem Dach?“

Er senkte die Stimme. „Wirsing-Gebäude, das ist die letzte Gelegenheit vor der Sprengung.“

„Wow.“ Mehr fiel ihr dazu nicht ein.

„Das heißt, wenn du ein bisschen auf Fassadenklettern stehst.“ Der Typ hielt immer noch die Kühlschranktür auf. „Willst du auch?“

Sie schüttelte den Kopf. „Nein, sowas kaufe ich nicht.“

Er ließ die Türe los, sie schnappte zurück. „Ich glaube, dass sich die Massentierhaltung von selbst erledigt, sobald es Laborfleisch gibt“, sagte er.

„Aber jetzt ist es noch nicht soweit.“ Paula dachte an die grausamen Bilder aus den Tierfabriken.

Er zuckte mit den Schultern. „Ich bin übrigens Nico.“

Sie deutete ein Winken an. „Paula.“

Wie konnte er nur so mit den Schultern zucken? Andererseits hatte sie gerade keine Lust, eine Grundsatzdiskussion vom Zaun zu brechen.

„Wie wollt ihr denn da den Grill hochbekommen?“, wechselte sie das Thema.

„Einweggrills sind nicht so schwer, da kann man gleich ein paar im Rucksack transportieren.“

Auch das noch; jede Menge energieaufwändiger Aluabfall. In ihrem arabischen Lieblingsimbiss diskutierte Paula jedes Mal aufs Neue über die Alufolie, die sie einfach nicht haben wollte.

Sie blickte verstohlen in Nicos Einkaufskorb. Fünf Tafeln Schokolade, JA zur Kinderarbeit und dazu die Koteletts aus dem Tier-KZ.

Paula richtete sich auf. „Aber nur, wenn es ein Öko-Einweggrill ist, ohne Alu, mit Bambusstäbchen und biologisch abbaubar."

„So was gibt's?" Nico stutzte. „Bist du Veganerin?"

Eigentlich wollte sie „Ich esse eigentlich alles" sagen. Alles, was Bio und Fair Trade ist. Aber es ging irgendwie nicht.

„Ja", hörte sie sich schließlich sagen. „Was dagegen?"

„Nö, wieso?" Er hatte einen winzigen Nasenstecker. „Schau ich aus wie ein Depp?"

„So habe ich das nicht gemeint", sagte sie schnell. „Alles gut."

Er lächelte hintergründig, aber auch einladend. „Bist du dabei?" Es klang, als ob ihm ihre Antwort nicht egal wäre.

Paula räusperte sich. „Ja klar", sagte sie schließlich, „soll ich was mitbringen?"

Sie könnte noch im Unverpackt-Laden vorbeischauen und veganen Halloumi kaufen.

Seine Augen wanderten über ihr Gesicht. „Wäre toll, wenn du dich um den Grill kümmerst."

„Okay", sagte sie gedehnt.

Vielleicht hatte Nico nur aus Geldnot eine akute JA-Phase und er würde sich nach dem Studium vernünftig ernähren. Und wenn nicht?

Musste ja jeder selbst für sich entscheiden.

Wärmende Tomatensuppe

Zutaten:

1-2 Kilo frische und sehr reife Tomaten (mit oder ohne Schale)
1 Glas Bio-Tomaten im Saft
1 Handvoll getrocknete Tomaten
1 Peperoncino
1 Zwiebel
2-3 Knoblauchzehen
1 Handvoll klein gehackter Sellerie
1 halbes Glas trockener Weißwein
1 gestrichener Teelöffel Zucker oder Honig
Frische Gemüsebrühe (aus Sellerie, Lauch, Karotte und Petersilie ausgekocht)
Petersilie, Basilikum, Kerbel, Koriander, Thymian oder andere frische Kräuter zum Abschmecken
Salz, Pfeffer, Olivenöl

Zubereitung:

Knoblauch, Zwiebeln, Peperoncino und Sellerie klein gehackt in Olivenöl anschwitzen. Tomaten gewürfelt dazugeben und heiß anbraten. Mit Wein ablöschen und Zucker/Honig dazugeben. Mit Tomaten aus dem Glas auffüllen und so viel Gemüsebrühe hinzufügen, bis fast alles von Flüssigkeit bedeckt ist.
Mindestens eine Stunde köcheln lassen. Dann mit dem Pürierstab pürieren, bis eine sämige Flüssigkeit entsteht.
Mit Salz und Pfeffer kräftig würzen und frische Kräuter nach Bedarf zugeben. Wer mag, hebt noch etwas Sahne darunter.

Carola Kupfer

HENKERSMAHLZEIT

Fesch sieht er schon aus, dachte Judith, als er von den Wachen flankiert an ihr vorbeiging. Sie hatte sich wie viele andere Lengfelder auf dem Marktplatz eingefunden, um das Spektakel nicht zu verpassen. Es passierte wenig hier, ein Fremder war etwas Besonderes. Man hatte ihn im Wald aufgegriffen. Ein Stallbursche von der Burg führte sein Pferd hinter ihm her – eine prachtvolle Stute, die das schwere Gepäck und den kunstvoll verzierten Sattel mühelos trug. Was wohl mit ihm geschehen würde?

„Er soll gewildert haben", wisperte Clara neben ihr. Auch sie starrte andächtig erst dem Mann und dann dem Pferd hinterher. „Schau, da sind die Viecher!"

Tatsächlich folgte ein Wachmann, der zwei erlegte Hasen an einer Schnur über die Schulter geworfen hatte. Wilderei war ein schweres Verbrechen, das sah nicht gut für den Fremden aus. Trotzdem wunderte Judith sich ein wenig. Der Mann machte auf sie einen eher wohlhabenden Eindruck. Seine Kleidung wirkte sauber und gepflegt und schien aus guten Materialien gefertigt. Außerdem trug er Lederstiefel und hatte ein Pferd bei sich. Ein armer Kerl, der die verbotene Jagd zum Überleben brauchte, war das sicherlich nicht!

„Ich muss wieder." Judith verabschiedete sich mit einem Kopfnicken von Clara und eilte über den großen Platz zurück zur Burgmauer. Hier am Fuße des Burgbergs lebte sie mit ihrem Vater in einem kleinen Haus, das sich dicht an die Mauer presste. Seit ihre Mutter vor einigen Jahren im Kindbett gestorben war und ihren gerade erst geborenen Bruder auf ihre Reise mitgenommen hatte, führte sie den Haushalt. Sicherlich kam ihr Vater bald heim und hatte Hunger. Dann würde sie auch erfahren, wer der Fremde war und was nun mit ihm geschehen sollte.

„Da!“ Mit einem dumpfen Geräusch fielen die beiden toten Hasen auf den Holztisch. Fragend blickte Judith von ihrer Arbeit auf. Sie war dabei, Kräuter zu binden, damit sie über der Kochstelle trocknen konnten.

„Das dürfte für die nächsten Tagen reichen“, brummte ihr Vater. Zufrieden wirkte er aber nicht.

Judith hob fragend ihre Augenbrauen. Mehr wagte sie nicht. Wenn Vater schlecht gelaunt war, konnte er unberechenbar sein.

„Ich hatte auf das Pferd gehofft“, stieß er zornig hervor. „Aber das wollen die Herren da oben natürlich behalten.“ Wütend hieb er mit der Faust auf den Tisch.

„Das wäre doch auch viel zu schade, so ein edles Tier“, entfuhr es Judith. Schnell presste sie die Lippen wieder zusammen, sie wollte ihn nicht unnötig reizen. Doch ihrem Vater war offenbar nicht nach Streit. Erleichtert setzte sie ihre Arbeit fort, während er sich von dem Ale nahm. Schweigend setzte er sich an den Tisch und starrte in den Becher.

Judith konnte die Herrschaften gut verstehen. Ein Reitpferd war kostbar, und ein gutes umso mehr! Kein Wunder, dass sie es nicht in die Hände eines Abdeckers geben wollten. Was dachte ihr Vater sich nur? Offenbar hatte man ihm die Hasen als Bezahlung gegeben. Und das bedeutete für den Fremden den Tod. Denn warum sonst hätte man den Henker bezahlt? War das Urteil etwa schon vollstreckt worden?

„Morgen früh ist er dran“, brummte der Vater unwillig. Hatte sie laut gedacht? „Ein Welsch ist er. Keine Familie in der Nähe, keine rechte Bezahlung.“ Er seufzte schwer.

Judith konnte sich in etwa zusammenreimen, was ihren Vater ärgerte. Offenbar hatte man den Mann auf der Burg schnell zum Tode verurteilt. Bei Wilderei war das normal. Allerdings fielen meist arme und zerlumpte Burschen aus der Region dieser Strafe zum Opfer. Sie kannte einige Familien in Lengfeld und aus den benachbarten Weilern, die auf diesem Weg Familienmitglieder verloren hatten. Ihr Vater war daher nicht beliebt, was sie gut verstehen konnte. Immerhin hatte sie es geschafft, ein paar nette Kontakte im Ort zu knüpfen. Selbstverständlich war das für eine Henkerstochter nicht.

„Ein Welsch?", fragte sie vorsichtig nach.

„Na, unsere Sprache kann er jedenfalls nicht. Was hat er auch hier zu suchen? Sollen die doch im Süden bleiben." Ihr Vater redete selten mehrere Sätze am Stück, deshalb blickte Judith interessiert auf. Was war mit dem Mann wirklich? Gab es ein Geheimnis?

Doch der Vater beugte sich wieder über seinen Becher und zuckte unwillig mit den Schultern. Judith wusste, dass ihr Vater ohne die Familie des Verurteilten keinen angemessenen Lohn erhalten würde. Schließlich wurden Scharfrichter von den Familien der Hingerichteten bezahlt – das war schon immer so. 15 Taler hätte es sicherlich für den Wilderer gegeben. Aber als Welsch kam er von weither. Deshalb hatte ihr Vater auf das Pferd gehofft. Wie viele Henker war er gleichzeitig als Abdecker tätig, weshalb immer wieder ein fetter Braten für ihn abfiel. Von daher ging es ihnen nicht schlecht hier in Lengfeld. Trotzdem haderte Judith immer wieder mit ihrem Schicksal: Denn als Henkerstochter konnte sie nur in ihren Kreisen heiraten und würde wohl demnächst nach Amberg ziehen müssen. Dort hatte der Sohn des Scharfrichters bereits Interesse an ihr angemeldet. Sie kannte ihn flüchtig und mochte ihn nicht. Doch er hatte einen guten Stand, da er auch Tätigkeiten eines Medicus ausüben durfte und sehr gut bezahlt wurde. Sie würde also besser und komfortabler an der Seite dieses Mannes leben. Ihr Vater hatte das Arrangement bereits beschlossen, ihre Tage in Lengfeld waren längst gezählt.

Sie seufzte schwer. Wie war sie auf diese beängstigenden Gedanken gekommen? Ach ja, das Pferd des Fremden. Wo er wohl wirklich herkam? Südlich der Alpen wahrscheinlich. Judith konnte sich etwa vorstellen, wie weit weg das war. Denn im Gegensatz zu vielen anderen Mädchen im Ort hatte sie Lesen und Schreiben gelernt, konnte einigermaßen rechnen und hatte eine grobe Vorstellung von der Welt. Ihr heimlicher Zugang zur Bildung hieß Hans, inzwischen Bruder Johann, und war Benediktiner im Kloster St. Emmeram in Regensburg. Er stammte aus Lengfeld, seine Mutter wohnte in unmittelbarer Nachbarschaft. Sie hatten als Kinder zusammen gespielt und immer, wenn er seine Mutter besuchte oder auf der Durchreise nach Böhmen war, blieb er ein paar Tage. Judith schaffte es stets, einige Stunden mit ihm zu verbringen, und hatte auf diesem Weg die Magie von Buchstaben, Zahlen und Karten entdeckt. Deshalb hatte sie eine Idee davon, wo die Heimat des Welschen lag.

„Weiß man, was er hier wollte?", hakte sie noch einmal nach.

Ihr Vater schüttelte den Kopf. „Morgen ist seine Reise jedenfalls zu Ende", knurrte er missmutig. „Gleich nach Sonnenaufgang auf dem Marktplatz."

„Und muss ich noch hinauf?", fragte sie besorgt und hielt den Atem an. Bitte nicht, lieber Gott, schob sie in Gedanken ein Stoßgebet hinterher.

„Ja. Kannst gleich gehen." Der Vater musterte sie streng. „Aber halt dich fern. Man weiß ja nie bei den Welschen ..."

Judith wusste genau, was ihr Vater meinte. Zu oft waren ihr die Verurteilten schon zu nahe gekommen! Als Henkerstochter war sie in Lengfeld auch für die Henkersmahlzeit verantwortlich, das hatten die Herrschaften auf der Burg vor Generationen so bestimmt. Dazu musste sie mit den Gefangenen sprechen und deren Wünsche erfragen. Manchmal hatte sie Glück und konnte gleichzeitig mit dem Priester ins Verlies. Dann fühlte sie sich sicher. Aber es gab auch Situationen, in denen erst ihre lauten Schreie die Wachen auf den Plan gerufen hatten, um sie vor den Zudringlichkeiten einzelner Verurteilter zu retten. „Ein letztes Mal noch“, oder so ähnlich hatten die Kerle ihr ins Ohr geraunt und sie dabei grob und unsittlich berührt. Sie hasste diese Pflicht daher und hoffte, dass wenigstens das nach ihrer Hochzeit in Amberg anders werden würde.

Sie durfte keine Zeit verlieren, die Sonne hatte ihren Zenit bereits überschritten. Grußlos verließ Judith das Haus und machte sich auf den Weg, die steilen Stufen zur Burg zu erklimmen. Die Hitze war unerträglich, doch sie beeilte sich. Je schneller alles vorbei war, desto besser.

Als sie das Verlies betrat, sprang der Mann auf. Er war deutlich größer als sie. Erschrocken wich Judith zurück, doch er lächelte und redete beruhigend auf sie ein. Sie verstand zwar kein Wort, begriff jedoch, dass er ihr nichts Böses wollte. Die Tür hinter ihr fiel scheppernd ins Schloss. Judith schaute sich um. Man hatte den Fremden in einer ebenerdigen Kammer mit vergittertem Fenster untergebracht, er schien also etwas Besseres zu sein. Ein abgenutzter Tisch mit einem Stuhl waren die einzigen Möbel im Raum; auf dem Boden lag altes Stroh. Immerhin war das Verlies trocken, Judith kannte ganz andere Kammern.

Sie suchte seinen Blick und begann langsam zu sprechen: „Ich soll für dich kochen.“ Der Mann schien zu verstehen und machte eine Geste, als rühre er in einem Topf herum. Konnte er doch in ihrer Sprache reden? Er deutete auf einen Beutel, der neben dem Stuhl lag. Judith meinte sich daran zu erinnern, dass sie ihn am Sattel seines Pferdes gesehen hatte.

Der Fremde griff danach, zog den Bund auf und schüttete den Inhalt auf den Tisch. Judith staunte. Was war das alles?

„Pomodoro“, sagte er mit rauer Stimme und deutete dabei auf bräunlich verfärbte und schrumpelige trockene Streifen. „Pomodoro.“

Judith wunderte sich. Pomodoro, das klang wie goldener Apfel, sah aber nicht so aus. Fragend schaute sie den Fremden an, der sich über ihre Verwirrung offenbar lustig machte. Mit Händen und Füßen erzählte er nun wild gestikulierend etwas über die trockenen Teile auf dem Tisch. Fasziniert sah Judith ihm zu und verstand immerhin so viel, dass Pomodoro offenbar ein Obst oder Gemüse war, das in seine zwei Hände passte, rund und prall war und herrlich duftete. Sie schnüffelte an den trockenen Streifen – und tatsächlich, sie rochen süßlich und gut!

Inzwischen hatte der Fremde eine Knolle aufgebrochen, die an Zwiebeln erinnerte, aber sehr streng roch. Dazu redete er wie ein Wasserfall, hob die Knolle liebevoll unter seine Nase, schloss die Augen und lächelte. Judith konnte ihren Blick von seinem Gesicht kaum lösen. Er wirkte so nett und freundlich und sah gar nicht wie ein Verbrecher aus. Ob er bemerkte, was ihr durch den Kopf ging?

Offenbar erkannte er, dass sie ihn kaum verstand. Er versuchte es mit lateinischen Wörtern. Judith horchte auf. Das kannte sie! Er sprach die Wörter zwar anders aus, weil er das R rollte und alles etwas anders betonte, aber schon bald wusste sie, was zu tun war. Hastig kritzelte sie ein paar Notizen für die Mahlzeit auf einen alten Zettel, den sie vorsorglich mit einem Stück Kohle in ihre Schürzentasche gesteckt hatte. Dann griff sie nach dem Beutel, in den er seine offenbar essbaren Habseligkeiten zurückgeschoben hatte.

Als sie sich erhob, um in die Burgküche zu eilen, bemerkte sie den erstaunten Blick des Fremden. „Du schreiben?", fragte er. Sie nickte. Hastig kramte er etwas unter seinem Oberkleid hervor und reichte es ihr. Es sah aus wie ein zusammengefalteter Brief.

„Bitte. Famiglia." Sein Blick war flehend auf sie gerichtet. Noch war ihr nicht ganz klar, was er von ihr wollte, doch sie nickte. Ihr Herz klopfte dabei bis zum Hals. Sie tat etwas Verbotenes – doch konnte dieser nette Kerl wirklich so schlecht sein? Sie zweifelte. Schnell schob sie das Papier in ihr Mieder und klopfte an die Tür. Die Wärter öffneten sofort. Ohne sich noch einmal umzudrehen, lief sie in die Burgküche, um die Henkersmahlzeit zuzubereiten.

Dort verbreitete sich nach kurzer Zeit ein ungewöhnlicher, aber herrlicher Duft. Judith hatte die Zutaten mit etwas Wein, Wasser und

Gemüse über eine Stunde köcheln lassen und dann alles durch ein feines Sieb gestrichen. Die fertige Suppe würzte sie mit frischen Kräutern und etwas Salz. Als sie den Holzlöffel zu ihrem Mund führte, um das Ergebnis abzuschmecken, entfuhr ihr ein wohliger Seufzer. Diese Pomodoro-Suppe schmeckte traumhaft. So eine gute Henkersmahlzeit hatte sie noch nie bereiten dürfen; die meisten Verurteilten wollten fettes Fleisch.

Begleitet von zwei Wachen kehrte sie zum Verlies zurück. Dort stellte sie den alten Topf auf den Tisch und legte einen Holzlöffel dazu. Sofort fing der Fremde an zu essen. Er schien hungrig zu sein und störte sich nicht daran, dass die Suppe sehr heiß war. Nach wenigen Löffeln blickte er auf und strahlte Judith an. Sie verstand zwar nicht, was er ihr sagte, begriff jedoch, dass es sehr nett war. Und sein Lächeln war unbeschreiblich schön und liebevoll. Wieder begann ihr Herz hastig zu klopfen.

„Grazie." Der Mann war aufgestanden und griff nach ihren Händen. Er führte sie an seinen Mund und presste einen Kuss darauf. Erschrocken fuhr Judith zusammen. Kam jetzt etwa der unangenehme Rest? Doch der Mann lächelte sie nur an und hielt nun seine rechte Hand auf sein Herz. „Ich Francesco", sagte er und fragte: „Du?"

„Judith", hauchte sie atemlos. Dann ließ sie die Tür öffnen und eilte hinaus. Die Sonne ging bereits unter, es wurde Zeit, dass sie nach Hause kam.

Am nächsten Morgen wartete sie wie fast alle Lengfelder auf dem Marktplatz darauf, dass ihr Vater das Urteil vollstreckte. Schon kam die Prozession angeführt von einem Geistlichen von der Burg herunter. Der Galgen war auf einem Holzgerüst errichtet worden – wie immer bei solchen Fällen. Wilderei war ein niederes Delikt; der Tod durch das Schwert war diesen Verbrechern verwehrt.

Der Fremde, von dem sie nun wusste, dass er Francesco hieß, ließ sich in aufrechter Haltung auf das Gerüst führen. Während der Geistliche noch einige Worte sagte und mit allen Anwesenden ein Gebet sprach, entdeckte er Judith und blinzelte ihr zu. In diesem Moment geschah etwas mit ihr. Natürlich hatte sie am Abend heimlich auf das Papier geschaut, das er ihr zugesteckt hatte. Zwar war es in welscher Sprache geschrieben, einige Details hatte sie jedoch verstanden. Ganz offensichtlich hatte er Familie in der Nähe von Padua, war auf dem Weg nach Böhmen gewesen und keinesfalls ein armer Schlucker. Er wollte wohl, dass sie das Papier zu seiner Familie schickte – doch nun hatte sie eine bessere Idee.

„Halt!“, rief sie laut über den Platz, als ihr Vater dem Fremden die Augen mit einem schwarzen Tuch verbinden wollte. „Aufhören! Ich nehm ihn!“

Ein Raunen ging durch die Menge.

„Was willst du?“, rief einer der Herrschaften von der Burg ihr böse zu.

„Ihn losheiraten!“, antwortete sie und kletterte das Gerüst hinauf.

„Bist du von Sinnen?“ Ihr Vater schob sie grob beiseite. „Verschwinde!“

In der Menge erhob sich unwilliges Gemurmel. Darauf hatte Judith gehofft. Die Lengfelder mochten ihren Henker nicht, das war ihre Chance. Zuversichtlich lächelte sie Francesco an. „Ich will diesen Mann ehelichen. Damit erlöse ich ihn vom Vollzug seiner Strafe.“

Die Menge johlte begeistert. Das hatte man in Lengfeld noch nie erlebt. Aber sie hatte Recht: Es gab die Möglichkeit, einen Verurteilten durch Losheiraten zu retten. Der Scharfrichter tobte und hatte Judith grob am Arm gepackt. Keiner wusste, wie es nun weitergehen sollte.

In diesem Moment erhob sich der Burgherr. Sofort kehrte Ruhe ein. Seiner Macht gewiss blickte er über den Platz und dann von Judith zu dem Fremden. Er schwieg noch eine Weile und verkündete dann: „Hiermit erlaube ich die Losheirat. Sie wird hier und jetzt vom anwesenden Vater Jakob und vor Gott vollzogen. Ihr seid alle Zeugen. So sei es.“

Nach der wohl kürzesten und wunderlichsten Hochzeit in Lengfeld verschwanden Judith und Francesco auf seinem Pferd, das man ihm zurückgegeben hatte. Niemand weiß, was aus ihnen geworden ist. Lediglich das Rezept der Henkersmahlzeit ist auf einem kleinen Zettel nach Jahrhunderten bei Restaurierungsarbeiten wieder aufgetaucht. Es heißt, dass die feurige Suppe immer dann hilft, wenn Menschen in ausweglosen Situationen Hitze und Energie für eine schnelle Lösung brauchen.

Apfelstrudel

Zutaten für 4 Personen:

Teig Grundrezept:

300 g Mehl
1 Prise Salz
50 ml Pflanzenöl
150 g lauwarmes Wasser

Füllung:

8 Äpfel (Boskop, Braeburn oder Elstar)
70 g Mandelblättchen
60 g Zucker
1 TL Zimt
60 g Rumrosinen
1 Zitrone (Saft)
100 g geröstete Semmelbrösel oder geriebene Nüsse

Weiteres:

Mehl zum Ausrollen und Ausziehen
40 g flüssige Butter zum Bestreichen

Zubereitung:

Strudelteig Grundrezept:

Öl mit Wasser, Salz und Mehl zu einem glatten Teig kneten. Halbieren, zu zwei Kugeln formen, mit Öl bestreichen und jeweils in Klarsichtfolie einwickeln. Bei Zimmertemperatur etwa 1 Stunde ruhen lassen.

Füllung:

Die Äpfel schälen, vierteln, das übrige Kernhaus dabei entfernen und in ½ cm große Scheiben schneiden. Die Mandelblättchen in einer Pfanne ohne Fettzugabe hell rösten. Zimt und Zucker vermischen und mit Rumrosinen, Zitronensaft, Biskuitbröseln und Mandeln unter die Äpfel mischen.

Einen Strudelteig vorsichtig aus der Folie wickeln, mit Mehl bestäuben, auf einem großen bemehlten Tuch (ca. 40 x 40 cm) mit einem Rollholz etwas ausrollen, anschließend vorsichtig über den Handrücken hauchdünn ausziehen und sofort mit flüssiger Butter bestreichen.

Den Backofen auf 200° C vorheizen.

Die Hälfte der Füllung in einem breiten Streifen auf die Längsseite des Teiges verteilen. Dabei einen 5 cm breiten Rand frei lassen. Mit Hilfe des Tuches den Strudel aufrollen, die Teigenden abschneiden oder nach unten einklappen und den Strudel mit der Naht nach unten auf ein gebuttertes Blech legen. Den zweiten Strudel auf die gleiche Weise herstellen. Beide Strudel mit flüssiger Butter bestreichen und im vorgeheizten Backofen in etwa 20-25 Minuten hellbraun backen.

Den Strudel etwas abkühlen lassen und vor dem Servieren mit Puderzucker bestäuben.

Tipp:

Der Teig sollte nach dem Ruhen nicht mehr geknetet werden, da er sonst wieder Spannung bekommt und sich nicht dünn ziehen lässt. Übriger Strudelteig kann gut verpackt eingefroren werden; bei Bedarf im Kühlschrank auftauen.

Anne Lienert

OPERATION APFELSTRUDEL

Auf der Rückfahrt von Regensburg nach Parsberg beschlossen Franziska und Michael, in Laaber noch eine Kaffeepause einzulegen. Sie parkten auf dem kleinen Marktplatz unterhalb der Burgruine. Von hier aus waren es nur ein paar Schritte bis zum Café Zeitler. Sie ließen sich auf der Sonnenterrasse hinter dem Haus nieder und vertieften sich nach der Bestellung erst einmal in ihre mitgebrachte Lektüre.

„Mögest du hundert Frühlinge erleben, aber nur einen Herbst! Ein altirischer Segenswunsch. Klingt doch gut, oder?“ Franziska schaute hoch und klappte den neu erworbenen Reiseführer geräuschvoll zu. Michael zuckte zusammen. Er hatte sich gerade auf einen Artikel über die Gefahren der WhatsApp-Nutzung konzentriert und schüttelte verärgert den Kopf. „Passt nicht für mich. Der Herbst ist meine liebste Jahreszeit“, entgegnete er knapp und las dann weiter.

„Der Herbst, der Herbst, der Herbst ist da“, stimmte Franziska fröhlich das alte Kinderlied an. „Franzi, bitte!“ Michael verdrehte die Augen.

Sie beugte sich langsam zu ihm über den Tisch, fixierte ihn herausfordernd und machte eine spielerische Drohgebärde. „Schüttelt ab die Blätter – Bringt uns Regenwetter.“ Er stöhnte genervt. Ihr Gesang legte an Tempo zu: „Macht die Blätter bunter – Wirft die Äpfel runter“ / „Nüsse auf den Teller – Birnen in den Keller“ / „Rüttelt an den Zweigen – Lässt die Drachen steigen!“ Den Abschluss des letzten Reims untermalte sie mit einem leichten Fausthieb auf die Tischplatte, so dass die Kaffeetassen wackelten.

„Wird’s noch schlimmer mit dir?“, fuhr er sie an. Franziska lachte amüsiert. Er ließ sich so leicht provozieren. „Du, ich freue mich so wahnsinnig auf das nächste Wochenende! Nur noch ein paar Tage und ich habe meine Freiheit wieder. Nie mehr dieses Tollhaus Schule von innen sehen. Ich kann’s kaum erwarten!“ In Gedanken hatte Franziska schon eine Liste der Reiseziele aufgestellt, die sie nach ihrer Pensionierung besuchen wollte. Sie seufzte zufrieden. Ihr Blick fiel auf die stattlichen Linden und Eichen, die die Wiese bis ans Ufer der Schwarzen Laber säumten. Wie alt diese Bäume wohl sein mochten? Sie standen bestimmt schon im Ersten Weltkrieg hier – vor über hundert Jahren. Wäre das nicht die passende Lebensspanne für einen Menschen, der möglichst viel von dieser Welt sehen möchte?

„Michel, was willst du eigentlich mit deiner vielen Freizeit anfangen, wenn nun die zweite Phase deiner Altersteilzeit startet? In die Ferne fliegen, Wandern, Kultur genießen, einen Schwimmteich oder ein Hochbeet im Garten bauen, deine Lebensgeschichte aufschreiben …?“

„Ich geb’s auf. Du lässt mir heute ja doch keine Ruhe“, seufzte er, schob das Heft beiseite, griff nach der Gabel und kostete erst einmal ein Stück von seinem Heidelbeerkuchen, bevor er antwortete. „Mmmmh! Genau! Für so etwas möchte ich zum Beispiel Zeit haben – ausgiebig kochen und backen. Ohne Stress und ganz in Ruhe auch mal kompliziertere Dinge auf den Tisch bringen, für die man sonst nie Zeit hatte. Erinnerst du dich zum Beispiel an den wunderbaren Apfelstrudel, den uns meine Mutter immer vorsetzte, wenn wir zu Besuch kamen? Den würde ich gern mal selbst fabrizieren!“

„Nichts für mich! An dem Teig bin ich schon verzweifelt. Aber beim Äpfelschneiden kann ich dir gern helfen.“

„Mal sehen, was man alles dazu braucht." Michael suchte auf seinem Handy nach einem Rezept und überflog es schnell. „Ja, Rumrosinen klingen gut. Lass uns doch gleich mal einkaufen gehen."

Am nächsten Tag machte sich Michael in der heimischen Küche an die Arbeit. „Zuerst sorge ich mal für eine der wichtigsten Zutaten", meinte er zu Franziska gewandt, schüttelte eine Packung Weinbeeren in einen kleinen Topf und goss reichlich Rum darüber. „Wo finde ich nun einen passenden Deckel in diesem Durcheinander?", fragte er, nachdem er geräuschvoll die betreffende, wohlgefüllte Schublade durchkramt hatte. „Also, hier muss mal aufgeräumt werden. Ein Topf, ein Deckel! Alles andere kommt weg!"

„Meine Güte! Das kann ja heiter werden, wenn der Herr Meisterkoch hier erst einmal alles auf den Kopf stellt! Mach doch die Augen auf!" Ihre Lust auf das gemeinsame Backabenteuer hatte schon merklich nachgelassen.

„Aber das stört mich schon lange an unserer Küche. Was hier fehlt, ist ein durchdachtes Konzept. Du räumst immer alles irgendwohin, so dass es kein anderer wiederfindet. Eine funktionierende Küche muss systematisch durchorganisiert sein: Die Gewürze alphabetisch geordnet ... Messer, Koch und Schöpflöffel, Salatbesteck, Holzbrettchen der Größe nach sortiert und aufgeschlichtet ... und so weiter. Bei dir ist das nur ein großes Durcheinander!"

„... mit dem ich bis jetzt sehr gut leben konnte!", ergänzte sie erbost.

„Ich aber nicht!", entgegnete Michael bestimmt.

Franziska versuchte, der Auseinandersetzung eine positive Wendung zu geben. „Sieh's doch als Herausforderung! Neulich las ich, Kochen und Backen sei ein gutes Training zur Problembewältigung. Man muss improvisieren, man kann seine Kreativität austoben und alle Sinne einsetzen: Riechen, Schmecken, Sehen, Tasten, Hören! Probiere es mal aus!"

„Außerdem trainierst du dein Gehirn, wenn du dich in unbekanntem Umfeld orientieren musst", argumentierte sie weiter. „Mit den Gegebenheiten zurechtkommen und sie bestmöglich aufeinander abstimmen, spontane Entscheidungen treffen, Fehlschläge speichern – das kannst du alles in dieser Küche üben. Ein Coaching, das dir in diesem Umfang so schnell niemand bietet."

Michael musste lachen. „Na, warten wir mal ab, welche Überraschungen die ‚Operation Apfelstrudel' noch parat hat", meinte er dann versöhnlich. „Weißt du, am meisten habe ich bei meiner Mutter immer diese extrem dünne Teigschicht bewundert. Hast du eine Idee, wie man die hinbekommt?"

Franziska überlegte kurz. „Ein Geheimtipp, den ich aber selber noch nicht getestet habe, lautet: Wenn man den Teig unter einen Topf stellt, den man zuvor mit heißem Wasser ausgeschwenkt hat, wird er durch den Dampf besonders elastisch und kann ganz dünn ausgezogen werden. Ob das hilft, kommt auf einen Versuch an. Viel Glück! Ich werde mich inzwischen um die Füllung kümmern." Franziska beugte sich über die Spüle, um die Äpfel zu waschen.

Zwanzig Minuten später hörte sie seinen entnervten Hilferuf. „Franzi, ich bin völlig geschafft! Diese Backerei ist ja stressiger als der tägliche Kleinkrieg mit meinen Kollegen. Sieh dir das mal an – ein total klebriger Teig, den ich nicht mehr von den Fingern bekomme." Franziska trat zu ihm an den Tisch und betrachtete die Misere. Sie streute Mehl über den restlichen Teig und versuchte vorsichtig, ihn auszurollen. Alles vergebens. Dann ging sie zum Kühlschrank und holte ein längliches Paket heraus. „Schau mal, ich hab hier einen Ersatz. Blätterteig, meine Geheimwaffe. Gelingt garantiert! Muss nur noch gefüllt werden und ab in den Backofen."

Da klingelte das Telefon. Michaels Mutter rief an. Sie wollte wissen, wann das Paar denn nun den wohlverdienten Ruhestand antreten würde. Ihr Sohn berichtete ihr, dass seine erste Aktion als Rentner bereits kläglich gescheitert war, weil er eben vergeblich versucht hatte, ihren wunderbaren Apfelstrudel nachzubacken. Da musste sie lachen. „Das ist wirklich lustig. Soll ich dir mal was verraten? Stell dir vor, mein ach so köstlicher Apfelstrudel, für den mich die ganze Verwandtschaft immer so lobte, kam in Wirklichkeit von meinem Bäcker um die Ecke! Er hat darin einfach ein besseres Händchen als ich. Nach vielen Fehlversuchen habe ich irgendwann beschlossen, mich vor Besuchen immer bei ihm damit einzudecken. Ich hoffe, du verzeihst mir diese kleine Lüge!?“

Schweinsbraten auf altböhmische Art

Zutaten für 2–4 Portionen:

Schweinsbraten:

1 kg Schopfbraten
(Schweinehalsbraten)
2 Stück Zwiebeln
3-4 Zehen Knoblauch
2 Blatt Lorbeer
Salz und Pfeffer
Kümmel (ganz)
125 ml Wasser

Böhmische Knödel:

500 g Mehl
(universal oder griffig)
1 Ei (mittel)
400 ml Vollmilch (lauwarm)
2 Pkg. Trockenhefe
1 Prise Salz

Sauerkraut:

Weißkraut (vollreif,
schön mürb, flach
und abgelegen)
10-12 g Salz
(pro kg Kraut)
Kümmel (ganz)
Wacholderbeeren
Lorbeerblätter

Zubereitung:

Schweinsbraten:

Zwiebel und Knoblauch schälen, fein hacken. Schopfbraten mit Salz und Pfeffer würzen. Fleisch in eine Bratenform geben und mit Zwiebeln, Knoblauch und Kümmel bedecken. Wasser und Lorbeerblätter zugeben. Die Bratenform zugedeckt mit Deckel (!) ins kalte Rohr geben und dieses auf 240° C aufheizen. Nach ca. 30 Minuten die Temperatur auf 180° C reduzieren und den Braten ca. noch 1 Stunde schmoren lassen. Von Zeit zu Zeit mit Flüssigkeit übergießen.

Böhmische Knödel:

1. Zunächst Mehl, Salz und Ei zusammen vermischen, dann die Hefe dazugeben. Die lauwarme Milch hinzufügen und immer gut vermischen, bis ein schöner Teig entsteht.
2. Den Teig dreimal aufgehen lassen. Nach jedem Mal den Teig erneut kurz verkneten.
3. Den Teig in kleinere längliche Teile kneten und vorbereiten. Nochmals kurz ruhen lassen.
4. Salzwasser zum Kochen bringen. Die kleinen, länglichen Knödel (schaut aus wie ein kleines Brot) ins kochende Wasser geben. 7 Minuten kochen lassen. Die Knödel im Topf wenden. Weitere 7 Minuten kochen lassen. So werden sie überall schön gleichmäßig durch.
5. Knödel herausnehmen und dann mit einem Zwirn (dicker Faden) in ca. 1 cm dicke Scheiben „schneiden“.

Sauerkraut:

Kraut mit dem Krauthobel fein schaben. Mit 10-12 g Salz pro Kilogramm Kraut, Kümmel, Wacholderbeeren sowie Lorbeerblätter in ein sauberes hölzernes Krautfassl geben und gut eindrücken. Mit sauberem Leinentuch abdecken, mit passend geschnittenen Brettern verschließen und mit einem Stein beschweren. Mindestens 6 Wochen lagern, d. h. milchsauer vergären lassen. In dieser Zeit soll das Krautfassl bei ca. 4-5° C dunkel gelagert werden. (Durch Lichteinfall z. B. in Kunststoffgefäßen könnte das Sauerkraut eher grau werden.) Den während der Gärung entstehenden weißen Schaum immer wieder abschöpfen und das Kraut wieder mit feuchtem, sauberem Leinentuch abdecken und beschweren. Nach abgeschlossener Gärung kann das Kraut bei etwa 2° C noch weitere 6-8 Wochen gelagert werden. Dabei wird das Kraut allerdings auch etwas saurer.

Oliver Machander

ONKEL AMBOS

Heute war der große Tag. Onkel Ambos' 80. Geburtstag. Pünktlich wie eh und je trat der Jubilar aus der Tür seines „Schlosses", wie er das Seniorenheim getauft hatte, fünf nach zwölf. Wie jeden Sonntag waren wir Punkt zwölf verabredet, und ich, sein „Saupreiß", wie er mich liebevoll nannte, stand natürlich frisch rausgeputzt auf dem kleinen Hof und wartete pflichtbewusst meine obligatorischen fünf Minuten. Es hätte ja sein können, dass er doch einmal genau zur Mittagsstunde aus der schwarzen Tür trat. Onkel Ambos war ein Schlitzohr. Ein lebenslustiger Schalk, obgleich er manch schwere Zeiten in seinem Leben durchmachen musste.

Am 18.01.1898 wurde er auf einem Bauernhof in dem kleinen Dorf Oberschön bei Eger, dem heutigen Cheb, geboren. Er war das elfte Kind! Und er blieb das letzte. Wahrscheinlich zur großen Freude seiner Mutter. Seine Eltern hatten einen Otto-Tick. Sie gaben allen ihren Kindern einen Otto-Namen. Der Älteste hieß schlicht Otto. Dann kamen: Wilhelm-Otto, Karl-Otto, Friedrich-Otto, Heinrich-Otto, Feodor-Otto, Neithardt-Otto, Klaus-Otto, Ottokar, fast schon eine Revolution, und plötzlich Ottilie, das erste und einzige Mädchen. Dieses aber starb kurz nach der Geburt. Die Tatsache, dass ihr zehntes Kind ein Mädchen war und bald nach der Geburt verschied, hatte wohl Spuren bei den Eltern hinterlassen. Denn, als schließlich das elfte Kind, wieder ein Sohn, das Licht der Welt erblickte, taufte man den Knaben schlicht Ambos, ganz und gar ohne Otto. Zwar begann sein Name mit dem ersten Buchstaben des Alphabets, aber als Letztgeborener hatte er auf dem Hof keine Perspektiven. Für ihn würde zum Erben nichts übrig bleiben, nicht einmal ein Kater.

Die damalige k.u.k.-Monarchie, in der sich Oberschön wie Abertausende von weiteren schlichten Dörfern befand, stand auf Du und Du mit dem Deutschen Kaiserreich. Dieses hatte beschlossen, wie etliche europäische Länder, mit seinem Wesen die Welt zu genesen. Berlin hatte Appetit! Daher wurde, unter anderem, Südwestafrika dem Reiche einverleibt. Doch was sollte man nun damit anfangen? Das erhoffte Gold fand man nicht! Also schickte man junge, eifrige Deutsche in die Fremde, um den armen „Negern" Kultur zu bringen und sie ordentlich auszubeuten, zu unterdrücken und bei Bedarf niederzumetzeln. Im Süden entwickelte sich eine Wollschaf- und Ziegenzucht. Ziegen und Schafe waren im Land seit jeher weit verbreitet und lieferten in erster Linie Fleischnahrung. Die deutschen Züchter experimentierten mit Merino- und Karakulschafen, deren Zahl rasch anwuchs. Da die Einheimischen scheinbar für das Hüten dieser großen Zahl an Schafen nicht taugten, beschloss man in Berlin, Waisen als günstige Hilfskräfte für Geschäftsleute, Gewerbetreibende und vor allem für die neu gegründeten Schafsfarmen zu gewinnen. Die für Deutsch-Südwestafrika bestimmten Jugendlichen sollten nur bei solchen Kolonisten untergebracht werden, die vertrauenswürdig erschienen und es an nichts fehlen ließen „bei der sittlichen und beruflichen Ausbildung" ihrer Schutzbefohlenen. Vorrang erhielten die aus Waisenhäusern zu entlassenen Jünglinge und Mädchen, keinesfalls solche aus den Besserungsanstalten und sogenannten Rettungshäusern. Doch nicht nur Waisen waren gern gesehen, auch brave deutsche Söhne und Töchter, die zum Wohle von Gott und Kaiser den „dummen Negern" endlich eine ordentliche deutsche Kultur beibringen sollten. Vor allem waren dies „Überhang-Kinder", wie Onkel Ambos, die keine großen Perspektiven in ihrer Heimat hatten.

Seine Eltern erfuhren von einem Aussiedlungsprogramm Südwestafrika aus der Zeitung und meinten, dies sei gewiss das Beste für ihren Jüngsten, auf jeden Fall für sie, denn somit hätten sie einen Esser weniger. Als Egerländer galt Onkel Ambos als „volldeutsch“, und so kam es, dass er im reifen Alter von 14 Jahren, am Dienstag, den 22.04.1912, in der Lüderitzbucht, Deutsch-Südwestafrika, stand. Ein paar Tage später befand er sich auf einer Farm, irgendwo im weiten heißen Land, und hatte es ganz gut getroffen. Es gab immer genug Arbeit, kaum Schläge und reichlich zu essen. Allerdings immer nur Schaf. Er vermisste seinen Schweinsbraten mit Kraut und guten Böhmer Knödeln. Bier gab es auch keins. Seine neuen „Eltern“ waren Protestanten, tranken nicht, arbeiteten viel und vermieden Spaß. Sie hatten auch nur ein Kind, eine dreijährige Tochter namens Frida. Mit den afrikanischen Knechten und Mägden hatte Onkel Ambos viel Freude. Diese lachten immerzu, obwohl sie wie Sklaven behandelt wurden.

Die Nachricht vom Ausbruch des Ersten Weltkrieges erreichte Deutsch-Südwestafrika am 2. August 1914 über die sich noch im Bau befindende Großfunkstation in Windhoek. In Deutsch-Südwestafrika erwartete man einen Angriff der mit Großbritannien alliierten Südafrikanischen Union und rief die Mobilmachung aus. Ambos' Pflegevater Teodor wurde ebenfalls einberufen. Das bedeutete für den Sechzehnjährigen noch mehr Arbeit, aber auch weniger Schläge. Am 9. September beschloss das südafrikanische Parlament die Kriegsteilnahme. Erste Schüsse fielen bereits am 13. September 1914. Am 19. April 1915 musste die deutsche Schutztruppe der Übermacht des Feindes weichen und zog sich nach Norden zurück. Der erste große Weltenbrand war in Deutsch-Südwestafrika vorbei. Etwa die Hälfte der deutschen Bevölkerung wurde bis zum Juli 1919 nach Hause zurückgeschickt. Das Ende von Deutsch-Südwestafrika wurde mit dem Versailler Vertrag vom 28. Juni 1919 besiegelt.

So kam es, dass Onkel Ambos mit 21 Jahren und somit volljährig wieder in seiner Heimat, dem Egerland, vor der Tür des Hofes stand und sich närrisch auf einen leckeren Schweinebraten mit Knödel und Kraut freute. Die Stimmung zu Hause war allerdings sehr gedrückt.

Der junge Mann musste vom Tod seiner Brüder erfahren. Alle Ottos waren für Gott, Vaterland und Kaiser im Krieg gefallen. Besonders bedauerlich war, dass es keinen Kaiser mehr gab. Nicht einmal mehr das alte Vaterland war übrig geblieben, lebte man doch nun in der Ersten Tschechoslowakischen Republik.

Wie auch immer. Ausgerechnet der Jüngste erbte den Hof. Afrika hatte ihn gerettet. Zwar blieben die Eltern am Hof, aber Ambos war plötzlich Jungbauer. Allein ein Hof, das ging natürlich nicht. Ambos suchte und fand seine Wanda. Im Sommer 1920 läuteten die Hochzeitsglocken, und zum Fest gab es reichlich Schweinebraten mit Kraut und echte böhmische Knödeln. Denn die Braut war eine Tschechin.

Moderne, weltoffene Zeiten zogen auf dem Hof ein. Die Erfahrungen in Afrika hatten bei Onkel Ambos Spuren hinterlassen. Ihm waren die Herzen der Menschen wichtiger als Sprache, Kultur und Politik. Ein jedes Herz pumpt durch die Adern rotes Blut. Es kamen glückliche Jahre, in denen drei Kinder das Licht der Welt erblickten: Tereza, Nikola und Jan.

Diese glücklichen Jahre endeten jäh, als das Sudetenland am 01.10.1938 von der deutschen Wehrmacht besetzt wurde, nachdem es beim Münchner Abkommen dem Deutschen Reich und somit den Nazis zugesprochen worden war. Noch im Oktober 1938 nahmen über die Hälfte der Tschechen die deutsche Staatsangehörigkeit an, um in ihrer Heimat verbleiben zu können. Natürlich auch Wanda und die Kinder. In die Partei trat Onkel Ambos nicht ein. Für den Krieg war Jan, mit acht Jahren, Gott sei Dank zu jung.

Onkel Ambos war mit seinen 41 Jahren eigentlich schon zu alt und als Bauer viel zu wichtig für die Versorgung des tausendjährigen Reiches. Da er aber kein Parteibuch hatte und von jemandem aus Matzelbach für seine undeutsche Gesinnung angeschwärzt wurde, zog man ihn trotzdem ein. Dank Fortuna und sicherlich seinem Alter geschuldet, stationierte man ihn in Dänemark. Dort musste er in einer Offiziersmesse seinen Dienst als Kellner leisten. So hatte das Schicksal ihn wieder einmal in die Fremde gesandt. Der Norden gefiel ihm recht gut, vor allem Nord- und Ostsee behielt er in guter Erinnerung. Das Einzige, was ihm missfiel, war der Fisch, den es reichlich gab. Viel zu selten Schweinebraten und dann nur mit Kartoffeln, ohne Kraut!

Auch dieser Wahnsinn ging zu Ende. Am 5. Mai 1945 um 8.00 Uhr trat die Kapitulation in Dänemark in Kraft. Noch im selben Monat zogen die deutschen Soldaten ab. Auch Onkel Ambos. Er machte sich zu Fuß auf den Weg in die Heimat, durch ein zerstörtes Deutschland. Erschöpft, aber gesund erreichte er Anfang Juli seine Heimat. Die Grausamkeit und der Irrsinn des Krieges holten ihn in Eger ein. Sein alter Freund Joschka erzählte es ihm.

Am 23. April warfen amerikanische Flieger über der Stadt Flugblätter ab:

„An den Bürgermeister. In wenigen Minuten könnte sich Ihre Stadt in einen brennenden Haufen Schutt verwandeln. Panzer und Bomber stehen bereit. Aber die Entscheidung liegt in Ihrer Hand."

Man solle die weiße Fahne auf dem höchsten Gebäude hissen, alle Barrieren entfernen und eine Person mit einer weißen Flagge zu den Amerikanern schicken. Doch nichts geschah, denn die fanatischen Nationalsozialisten verhinderten eine Kapitulation. „Eger, die Wiege der Sudetendeutschen Partei, muss als Vorbild allen zeigen, wie man für die Fahne stirbt. Eger muss bis zum letzten Stein gehalten werden, auch wenn unter diesem Stein alle Egerer sterben."

Heftige Angriffe der Amerikaner waren am 24. April die Antwort. Die Bürger von Eger waren verzweifelt. Doch zwei Tage später änderte sich die Situation. Standortkommandant Major Geißler geriet, unterwegs auf einem Motorrad, zufällig in die Schusslinie amerikanischer Soldaten. Sein Tod machte für Bürgermeister Janka den Weg frei zur Kapitulation. Doch für viele kam dies zu spät. Auch für die Eltern, für Wanda, für die Kinder. Sie hatten sich alle in der Stadt befunden, wurden verschüttet. Nach zwei Tagen barg man sie tot.

Onkel Ambos war zerstört. Die Fremde hatte ihn immer vor allem Unglück bewahrt. Doch nur ihn allein. Seine Liebsten hatten kein Glück. Die beiden Kriege hatten seine ganze Familie verschlungen.

Nichts hielt ihn mehr im Egerland. Im Januar 1946 verließ er, im Gegensatz zu den meisten Vertriebenen, seine Heimat voller Gleichgültigkeit. Er war nun 48 Jahre alt und hatte alles verloren.

Das Schicksal führte ihn diesmal in die Oberpfalz, in die Nähe von Regenstauf, nach Hauzenstein. Als erfahrener Bauer konnte man ihn gut auf dem Hof gebrauchen. Dort traf er auf Peter, einen Kriegswaisen, meinen Vater. Der war noch ein Jungsporn von 14 Jahren, genau wie Ambos einst in Afrika. Vater kam aus einem kleinen Dorf, eher ein Weiler, namens Langhöfel, östlich von Königsberg, Ostpreußen. Ambos nahm sich seiner an. Die beiden wurden wie Vater und Sohn. Die Zeiten waren schwer, doch sie hatten es verhältnismäßig gut. Arbeit, ein Dach über dem Kopf und reichlich zu essen. Hin und wieder gab es sogar Schweinebraten mit Knödel und Kraut!

Die Zeit verging, alles wurde besser. 1950 zogen die beiden gemeinsam nach Regenstauf. Mein Vater machte eine Bäckerlehre. Er wollte eigentlich Koch werden, doch die Stelle bekam er nicht. So kochte er zu Hause, was Ambos freute. Sonntags gab es immer einen Braten. Schwein oder Ente. Immer in Abwechslung. Immer mit Knödel, Kraut und Birnenmus. Das war ihre ganz persönliche Spezialität.

Das Birnenmus kam im Herbst 1948 hinzu.

Am 21. Juni 1948 war die Deutsche Mark eingeführt worden. Endlich gab es wieder echtes Geld. Das erste Ersparte wollten Ambos und Peter für ein Festessen ausgeben. Da niemand in Hauzenstein davon erfahren sollte, machten sie sich an ihrem freien Tag zu Fuß auf zum Linglhof bei Regenstauf. Dort war Schlachttag gewesen. Sie wollten für gutes Geld reichlich einkaufen. Der Weg zog sich ein Weilchen, aber das machte nichts, denn es war ein herrlicher, sonniger Herbsttag. Zur Mittagszeit erreichten sie den Hof. Niemand war zu sehen. Daher klopften sie an der Tür kräftig an. Von drinnen vernahmen sie ein Schimpfen und Fluchen. Dann schwere Schritte, die Tür wurde aufgerissen und ein griesgrämiger, älterer Bauer sah sie verbissen an.

„Was wollt ihr?"

„Grüß Gott, der Herr. Kann man bei euch einkaufen? Man hat uns gesagt, ihr hattet Schlachttag. Wir bräuchten ein Kilo Halsgrat oder Wammerl. Ein paar Knochen oder einen Schweinsfuß hätten wir auch gerne dazu."

„Geschlachtet wurde schon! Aber an Sudetenräuber und an Saupreißen verkaufe ich nichts. Ich kenne euch schon, ihr Räuber. Beim Grafen habe ich euch gesehen. Euch gebe ich nichts! Verschwindet, ihr Hundskrippeln, und zwar pronto!"

„Aber wir haben Geld. Wir können bezahlen. Hier! Echte Mark!"

„Mir wurscht!"

Die Tür wurde ihnen vor der Nase zugeschlagen. Drinnen ging das Gezeter weiter.

„So ein Arschloch," schimpfte mein Vater.

„Lass gut sein, Peter. Dem will ich mein sauer verdientes Geld nicht in den Rachen stopfen. Wird sich bald was Besseres dafür finden. Komm, wir gehen wieder heim."

„Und was wollen wir kochen?"

„Kartoffeln mit Kraut, die haben wir ja schon. Sind gesund und nahrhaft!"

„Du, Ambos, schau einmal, die saftigen Birnen am Baum!"

„Stimmt. Die schauen gut aus."

„Ich steck mir jetzt damit die Taschen voll, bei dem Deppen ist mir das gleich!"

„Ist recht! Ich helfe dir."

Eine Räuberleiter! Schon war mein Vater in den Zweigen. Geschwind pflückte er die goldenen Früchte und steckte sie sich in die Jackentaschen, bis diese sich ausbeulten.

„Es reicht! Komm runter!"

„Nein, noch nicht! Die Schönen da oben, die hol ich mir noch!"

„Ihr Hunde. Ihr dreckigen Sudetenräuber, lasst meine Birnen in Ruh!"

„Ambos, verschwinde!"

„Peter, nein!"

„Hau schon ab. Ich habe das Geld! Ich werde ihn damit schon beruhigen."

Ambos nickte und verschwand.

Unten aber stand nun der wütende Bauer mit den Seinen und dem Gesinde. Zusammen waren sie zu elft.

„Du entkommst uns nicht! Jetzt gibt's Prügel!"

„Hör zu, Bauer. Ich habe Geld. Ich bezahle dir deine Birnen."

„Ah so! Die sind aber teuer, meine Birnen."

„Ich habe zehn Mark fünfzig. Die kannst du haben. Musst mir aber schwören, dass du mich in Frieden ziehen lässt."

„Vater, zehn Mark fünfzig! Das ist ein Haufen Geld!", rief die Maria, die Älteste des Bauern.

Der Herr des Hofes blickte seine Tochter streng an. Dann wandte er sich wieder an meinen Vater und knurrte: „Na gut! Aber erst das Geld!"

„Erst schwören!"

„Bitte! Ich schwöre, dass wir dir keine Tracht Prügel verabreichen und du deiner Wege ziehen kannst."

„Und die Birnen?"

„Die kannst behalten!"

„Hier! Lauter frische Münzen."

„Vater, es stimmt! Es sind zehn fünfzig!", freute sich die Maria.

„Passt! Runter mit dir! So, und jetzt! Zieh die Jacke aus!"

„Wie bitte?"

„Du sollst die Jacke ausziehen, sonst hagelt es was!"

„Aber du hast geschworen!"

„Ich weiß, was ich gesagt habe. Ich halt mich dran. Ich bin ja kein Sudetenräuber oder ein Saupreiß! Also wird's bald!"

„Bitte schön."

„Jetzt legst du sie ins Gras!“

„Wie bitte?“

„Auf den Boden, du Depp!“

„Ist es so recht?“

„Ja, so ist es recht. Und nun gibt es ein Tänzchen. Die Maria tanzt mit dem Franz eine ordentliche Polka, genau hier, auf der Jacke!“

„Was? Eine Polka! Aber die Birnen!“

„Die darfst du natürlich behalten. Aber erst wird getanzt, und dann darfst du dich schleichen!“

Der Knecht Franz packte grinsend Maria und die beiden tanzten eine wilde Polka. Der Rest klatschte und grölte. Alle hatten ihren Spaß. Alle, bis auf meinen Vater, der vor Zorn bebte.

„So, genug getanzt! Jetzt zieh deine schöne Jacke wieder an. Und eines, das sage ich dir: Wenn ich euch noch einmal auf meinem Grund und Boden erwisch, dann könnt ihr noch so viel Mark in euren Taschen haben. Beim nächsten Mal setzt es Prügel. Und jetzt schleich dich!“

Gedemütigt zog mein Vater vom Hof, den Feldweg entlang, Richtung Wald. Dort wartete Ambos auf ihn und grinste.

„Weiß nicht, was es da zum Lachen gibt! Unser Geld ist futsch, und das alles für verschmierte Taschen.“

„Mit Birnenmus verschmiert. Und das wird uns hierzu köstlich munden!“

Schelmisch zeigte Ambos Peter den frischen, mächtigen Schweinebraten im Reindl, das zwischen den Büschen lag. Daneben stand ein Topf mit Deckel.

„Während die Idioten ihr Tänzchen hielten, bin ich in das Haus geschlichen und habe den Braten, der frisch im Ofen lag, herausgenommen. Und schau mal, was ich noch erbeutet habe: Einen ganzen Topf mit Knödeln. Das lassen wir uns schmecken! Kraut haben wir zwar keines hier, dafür aber dein Birnenmus.“

Die Geschichte kenne ich auswendig. Über tausendmal haben sie mir Vater und Onkel Ambos erzählt. Irgendwie ist sie mir aber nie langweilig geworden und auch ich liebe das Birnenmus zum Sonntagsbraten.

„Alles Gute zum Geburtstag, Onkel Ambos! Vater und Mutter freuen sich schon."

„Danke sehr! Und wie schaut es aus?"

„Lecker! Vater steht seit heute Morgen in der Küche. Der Braten ist im Ofen, Knödel und Kraut sind in den Töpfen."

„Und das Birnenmus?"

„Ganz frisch!"

Über beide Ohren grinsend stieg Onkel Ambos in mein Auto.

Birnenmus

(Beilage zum altböhmischen Schweinsbraten)

Zutaten für 4 Portionen:

6 Birnen (reif)
125 ml Weißwein
3 EL Zucker
3 EL Zitronensaft
2 Gewürznelken
1 Zimtstange

Zubereitung:

1. Früchte schälen, vierteln, Kerngehäuse entfernen und die Früchte würfelig schneiden.
2. Die Birnenwürfel in einen Topf geben, Wein zugießen und knapp bedeckt (eventuell mit Wasser auffüllen) mit Zucker und Gewürzen aufkochen. Auf kleiner Flamme weich kochen.
3. Zimtrinde und Gewürznelken herausnehmen und das Birnenmus mit dem Stabmixer pürieren.
4. Nach Belieben heiß oder kalt servieren.

Bauernseufzer mit Sauerkraut

Der Pfälzer Bauernseufzer ist eine grobe, schwarz geräucherte Bratwurst, die (im Gegensatz zur fränkischen Variante) vollständig aus Schweinefleisch hergestellt wird.

Zutaten:

Schwarz geräucherte Bratwürste
1 Zwiebel
1 EL Zucker
1 Dose Sauerkraut
Kümmel, Lorbeerblatt, Wacholder

Zubereitung:

Das Kraut am besten schon am Vorabend zubereiten. Dazu eine Zwiebel klein hacken und mit etwas Zucker in einem großen Topf anschwitzen. Sauerkraut (aus der Dose) mit etwas Kümmel, einem Lorbeerblatt und einigen Wacholderbeeren dazugeben und zirka 45 Minuten weich kochen. Falls zu wenig Flüssigkeit vorhanden ist, wird Wasser dazugegeben. Das Ganze über Nacht zugedeckt stehen lassen. Am nächsten Tag wird das Kraut aufgewärmt und die Würste darin etwa 10 Minuten lang ohne Kochen erhitzt.

Gabriel Maier

VIER BRATWÜRSCHT FÜR EIN HALLELUJA!

Kollege Sauerbier machte wieder ein Gesicht wie sieben Tage Regen, was Kommissar Schlehberger dazu veranlasste, genervt die Augen zu verdrehen. Wie konnte man nur so kleinkariert sein? Da trug dieser Mann ein Hemd wie ein Fernsehtestbild und eine Brille wie ein Laubfrosch und war dennoch die Spießigkeit in Person.

„Ich hab's Ihnen doch schon zwei Mal gesagt, Sauerbier", erklärte Schlehberger in feinstem Oberpfälzisch, „wir machen nur einen kurzen Ausflug in diese Ortschaft, damit ich mich mit Bauernseufzern eindecken kann. Danach fahren wir gleich zurück ins Revier nach Neumarkt."

„Das hat aber überhaupt nichts mit unserem Dienstauftrag zu tun", entgegnete Sauerbier gereizt. Die Erregung brachte wie immer seinen mittelfränkischen Akzent noch stärker zur Geltung. „Dienstfahrten aus persönlichen Gründen sind strengstens zu unterlassen!"

Schlehberger, der am Steuer saß, winkte ab. „Wenn Sie die schwarz Geräucherten mal probiert haben, verstehen Sie, warum ich heute unbedingt dorthin muss. Normalerweise werden die Würste abends in den Kamin reingehängt und am nächsten Tag verkauft. Aber weil in dem Laden am Samstag nur kurz gearbeitet wird, werden die Würste für den Montag schon am Freitag reingehängt und sind dann das ganze Wochenende im Kamin. Das sind die besten Würste der ganzen Woche, und darum müssen wir heute dorthin!"

„Bauernseufzer, schwarz Geräucherte? Was wollen Sie jetzt eigentlich dort kaufen?", fragte der Nürnberger etwas irritiert.

„Das ist doch alles das Gleiche", antwortete Schlehberger kopfschüttelnd. „Das sind alles geräucherte Bratwürste. Ich kauf Ihnen ein Paar, dann können Sie endlich mal mitreden, Sauerbier. Die schmecken wunderbar mit Sauerkraut oder einfach kalt mit einem gescheiten Bauernbrot."

„Bratwürste mit Sauerkraut?", entgegnete Sauerbier. „Das habt ihr Oberpfälzer doch wieder mal nur uns Franken nachgemacht."

„Mir wurscht!", konterte Schlehberger lapidar. „Wichtig ist nur, dass man vormittags da ist, dann sind sie am frischesten. Die knacken richtig beim Reinbeißen. Die schwarz Geräucherten von der Metzgerei, wo wir hinfahren, sind die besten! Vor ein paar Jahren haben die ihr Geschäft stark umgebaut. Da hatte ich Bedenken, dass danach die Qualität darunter leiden würde. Aber sie haben den alten Räucherkamin gelassen, wie er war, und deswegen sind die Würste immer noch der Renner! Von überall her kommen die Leute nur wegen dieser Würste. Sogar von Regensburg!"

„Trotzdem sind private Fahrten während der Dienstzeit zu unterlassen", moserte Sauerbier.

Schlehberger zuckte mit den Schultern. „Prinzipiell kann überall an Ort und Stelle ein Verbrechen passieren. Insofern ist ein Polizist nie wirklich privat unterwegs."

Zielstrebig steuerte Schlehberger mit seinem Kollegen im Schlepptau an den Stehtischen vorbei zur Ladentheke. Der Kommissar entdeckte die Frau des Inhabers, die etwas abseits stand und eine Brühwurst nach der anderen in die Schneidmaschine legte. Ansonsten war außer ihnen nur eine junge, ihm unbekannte Metzgereifachverkäuferin anwesend. Sie sortierte gerade die Auslage neu und wandte sich den beiden dann mit freundlicher Miene zu.

„Sind noch schwarz Geräucherte vom Freitag da?“ Schlehberger verzichtete in seiner polternden Art auf eine Begrüßung und starrte durch die gläserne Theke, wo er zunächst keine seiner heiß geliebten Würste finden konnte.

„Grüß Gott, die Herren“, begrüßte sie die junge Dame. „Ja, vier Stück sind noch da.“

„Vier Stück bloß?“ Schlehberger seufzte. Nachdem er Sauerbier ein Paar versprochen hatte, bedeutete dies, dass für ihn selbst nur noch zwei übrig bleiben würden. Teilen – und das ausgerechnet mit diesem ausgemergelten Milchbubi! Nochmals entfuhr ihm vor Enttäuschung etwas Luft, weshalb ihm der Gedanke kam, er habe möglicherweise den Grund dafür gefunden, weshalb die Würste auch Bauernseufzer genannt wurden.

„Naja, dann geben Sie mir bitte die zwei Paar.“ Wasser lief dem Kommissar im Mund zusammen, als sich die Thekenkraft daran machte, nach den Würsten zu greifen. „Hat der Chef am Freitag nicht genug in den Kamin reingehängt, dass jetzt bloß mehr so wenig da sind?“

Die Verkäuferin hielt inne und sah ihn irritiert an. „Doch, doch“, antwortete sie. „Der Chef ist freitags immer außer Rand und Band, damit ja der Kamin voll wird. Der kommt meistens zu nichts anderem mehr, sodass vieles liegen bleibt. Aber heute Morgen haben sie uns die Tür eingerannt, darum sind nur noch so wenige da.“

Erneut griff die junge Frau unter Schlehbergers vorfreudiger Erwartung nach den Würsten. Sobald er sie endlich in Händen hatte, würde er ohne weitere Verzögerung in eine hineinbeißen!

Jedoch exakt in dem Moment, als die Verkäuferin die erste Wurst mit den Fingern berührte, überschlugen sich die Ereignisse!

Schlehberger bemerkte, dass im hinteren Teil des Ladens gerade der Chef ein großes Tablett mit frischen Würsten seiner Frau zum Aufschneiden herausbrachte. Diese jedoch reagierte nicht auf ihren Gatten, sondern blickte entsetzt zur Eingangstür. Vor Schreck ließ sie die Brühwurst, die sie gerade aufschneiden wollte, auf den Metzgereiboden fallen und drückte die Hand auf den Mund, um sich von einem Aufschrei des Entsetzens abzuhalten. Auch der Chef erstarrte. Sein Tablett kippte ein wenig zur Seite und über die Hälfte der Würste rollte herab und verteilte sich auf den Fliesen. Die Finger der Verkäuferin wichen von den schwarz Geräucherten zurück, und die Frau trat einen Schritt nach hinten. Dabei weiteten sich ihre Augen vor Panik, als sie ebenfalls zum Eingang sah.

Schlehbergers Alarmglocken schrillten. Er fuhr herum und brachte instinktiv seine Hand an den Gürtel, wo seine Dienstwaffe im Holster steckte. Sein Blick ging vorbei an Sauerbier und fiel auf einen Mann, der mit einer schwarzen Motorradkluft bekleidet soeben die Metzgerei betreten hatte.

Er trug einen schwarzen Motorradhelm mit getöntem Visier, sodass sein Gesicht völlig verdeckt war. In der Hand hielt er ein langes Messer, was nur auf die Absicht eines Überfalls hinweisen konnte.

Schlehberger versuchte, seine Waffe zu greifen, bekam jedoch im ersten Anlauf nur seinen Mantel zu fassen. Blitzschnell sprang der Räuber, der die Bewegung bemerkt hatte, an dem verdutzten Sauerbier, den er anscheinend als weniger bedrohlich einstufte, vorbei und packte Schlehberger von hinten. Offenbar hatte er die Waffe des Kommissars nicht gesehen, denn anstatt sich gleich dessen Pistole zu packen, hielt er ihm die Klinge seines Messers an den Hals.

Sauerbier hingegen schaffte es, seine Pistole zu ziehen, bevor seine übliche Schockstarre einsetzte. Der Franke richtete die Mündung der Waffe auf den Übeltäter, der den Kollegen als Schutzschild und Geisel benutzte, und legte den Finger auf den Abzug. Dann versteifte sich sein ganzer Körper – eine Reaktion, die Schlehberger schon oft bei ihm in Stresssituationen miterlebt hatte.

„So, jetzt bleiben alle ganz ruhig – vor allem du Hanswurst mit der Pistole!“ Die Stimme des Räubers bebte vor Aufregung. „Ich will nur das Geld haben, und zwar die Wocheneinnahmen von letzter Woche! Gebt mir das Geld und ich hau ab und keinem passiert hier was!“

Schlehberger dachte nicht daran, wegen diesem Bürschchen seinen Blutdruck hochzufahren. Dass es sich bei diesem Kerl um keinen professionellen Verbrecher handelte, war durch das stümperhafte Vorgehen selbst für einen Laien augenblicklich erkennbar. Der Mann, der ihm die abgenutzte Klinge eines billigen Angelmessers an den Hals hielt, würde nie im Leben so kaltblütig sein und ihn umbringen. Anstatt sich aufzuregen, begann er intuitiv, ein Täterprofil zu erstellen, damit im Fall seiner Flucht sofort die Fahndung aufgenommen werden konnte. Der Typ stank abstoßend nach Zigarettenrauch, war etwa 1,70 m groß und äußerst mager – also ein klassisches Zigarettenbürscherl. Der Dialekt ließ nicht auf einen Einheimischen schließen, was allerdings nicht verwunderlich war, da Räuber natürlich nie dort ihre Verbrechen begingen, wo man sie anhand ihrer Stimme oder ihrer Körperhaltung identifizieren konnte. Schlehberger tippte auf Niederbayern als Herkunft. Das Angelmesser ließ auf eine Ortschaft in der Nähe eines großen Gewässers schließen.

„Es... es sind keine Einnahmen von letzter Woche da", stotterte der Metzgereichef aus dem Hintergrund. Wie alle anderen stand er wie angewurzelt im Raum und klammerte sich an sein Tablett.

„Red keinen Krampf!" Die Stimme des Räubers überschlug sich vor Aufregung. „Ich weiß, dass die Einnahmen von letzter Woche noch da sind, weil du am Freitag nie Zeit hast, zur Bank zu gehen! Also her damit und zwar schnell!"

Schlehberger sah aus den Augenwinkeln, wie der Metzgermeister und seine Frau versuchten, sich mit hilflosen Blicken zu beraten. Er wusste, wenn sich die Sache zu lange hinzog, konnte es passieren, dass dem Räuber die Sicherungen durchbrannten und er doch noch gewalttätig wurde. Also musste er sich so schnell wie möglich etwas einfallen lassen.

Während der verbrecherische Kerl den Blick zwischen dem Chef und seiner Frau hin und her wechselte, in der Hoffnung, es würde endlich einer losgehen und das Geld bringen, holte Schlehberger tief Luft und stieß dem Räuber aus voller Kraft den Ellbogen in die Seite, griff nach dem Arm mit dem Messer und zog diesen mit aller Kraft herunter. Er schaffte es, die Klinge von seinem Hals zu nehmen, stolperte dann jedoch und fiel zu Boden, sodass Sauerbier plötzlich freie Schussbahn auf den überrumpelten Täter hatte.

„Schießen Sie!", brüllte Schlehberger vom Boden aus.

Doch der erstarrte Kollege reagierte zunächst nicht.

„Sauerbier, reißen Sie sich zusammen! Schießen Sie ihm ins Bein!"

Nun erwachte der Franke langsam aus seiner Starre. Einen Schuss auf den anderen Mann abzugeben, stellte zwar immer noch eine große Hürde für ihn dar, aber angesichts der von ihm ausgehenden Bedrohung musste er handeln! Mit großer Mühe kämpfte Sauerbier gegen seine inneren Zwänge und richtete die Pistole auf das linke Bein des Motorradfahrers. Sein Finger krümmte sich langsam und erhöhte den Druck auf den Abzug. Unmittelbar vor der Auslösung des Schusses presste er jedoch angstbesetzt die Augen zusammen, was zur Folge hatte, dass sich die Ausrichtung der Waffe nochmals deutlich veränderte.

Dann knallte es.

Der Schuss hallte von den mit Fliesen ausgestatteten Wänden der Metzgerei wider und ließ jeden außer Schlehberger zusammenzucken. Unaufhaltsam pfiff die Kugel am Räuber vorbei, durchdrang das Glas der Fleischtheke und bohrte sich in einen Laib Leberkäse, der das Projektil wie gleichgültig mit einem leichten Zucken absorbierte.

Sauerbier öffnete zögernd die Augen, in der Befürchtung, ein Blutbad angerichtet zu haben. Alle außer Schlehberger inspizierten den Räuber auf Verletzungen, inklusive er selbst. Nur der Kommissar nutzte den Moment der Überraschung, richtete sich auf und nahm Sauerbier kurzerhand die Waffe ab.

„So Freunderl, jetzt reicht's! Wirf das Messer weg und nimm den Helm runter! Und glaub mir, ich kann wesentlich besser mit der Waffe umgehen als mein Kollege!"

Der Räuber ließ enttäuscht die Schultern sinken. Wie ihm geheißen wurde, warf er das Messer zu Boden und öffnete dann seinen Motorradhelm. Zum Vorschein kam ein etwa zwanzigjähriger Jüngling, der nun betroffen in die Runde schaute.

„Sauerbier, bestellen Sie die Kollegen hierher. Wir haben einen Ladenräuber samt seiner Komplizin zu verhaften!“

Sauerbier, der sich nun völlig aus der Starre gelöst hatte und bereits sein Handy in der Hand hielt, blickte irritiert auf. „Komplizin?“

Auch der Metzgermeister und seine Frau sahen verwundert auf.

„Ganz recht.“ Schlehberger richtete die Waffe nun auf die junge Verkäuferin. „Komm nur mit rüber, Mädel, und stell dich zu deinem Spezl.“

Verblüfft sahen alle zu der Thekenkraft, die zunächst versuchte, die Überraschte zu geben, dann aber völlig in Tränen ausbrach.

„Das Geheule hilft dir jetzt auch nichts. Los, stell dich nur dazu!“ Schlehberger holte zwei Handschellen aus seinem Mantel und hielt sie Sauerbier hin. „Fest machen!“

Dann glitt die Hand des Kommissars durch das entstandene Loch in der Glasvitrine. Er holte eine der schwarz geräucherten Bratwürste heraus.

„Endlich!“ Als er hineinbiss, knackte es laut. „Ganz frisch“, kommentierte Schlehberger.

Unter blitzendem Blaulicht wurden die beiden Verbrecher zu einem Polizeiwagen begleitet. Schlehberger und sein Kollege beobachteten von ihrem Auto aus, wie der Wagen davonfuhr. Erst dann startete der Kommissar sein Auto.

„Jetzt müssen Sie mir aber noch mal erklären, woher Sie gewusst haben, dass das Mädel mit dem unter einer Decke gesteckt hat“, fragte Sauerbier mit fränkischem Akzent.

„Mhm.“ Schlehberger kaute den letzten Rest seiner schwarz Geräucherten hinunter. „Ganz einfach: Als der Kerl nach den Wocheneinnahmen verlangt hat, habe ich gewusst, dass es einen Insider geben muss. So etwas kann nur wissen, wer auch hier arbeitet – und der Kerl kommt ja nicht mal von hier. Tja, und die Verkäuferin hinter der Theke spricht schließlich den gleichen Kelheimer Dialekt wie er – das ist zwar leider nicht verboten, aber es hat mich sofort dazu veranlasst, das Mädel im Auge zu behalten. Dadurch habe ich bemerkt, dass sie immer wieder versucht hat, dem Typen mit ihren Blicken zu signalisieren, dass er doch die Pistole nehmen soll, die ich am Gürtel habe."

„Soll das heißen, Sie haben herausgehört, dass die beiden aus der gleichen Ortschaft kommen?", fragte Sauerbier höchst ungläubig.

„Zumindest aus der gleichen Gegend."

„Also bei uns Franken funktioniert sowas", hielt Sauerbier dagegen. „Aber Bairisch ist doch Bairisch!"

Schlehberger rollte genervt die Augen. „Jetzt beißen Sie doch endlich mal in ihren Bauernseufzer rein."

Sauerbier nahm eine seiner beiden Würste aus dem Papier und biss davon ab. Unverzüglich hellte sich sein Gesicht auf. „Ach, schau her!", entfuhr es ihm. „Der Geschmack kommt mir bekannt vor! Das sind ja fränkische Schotengerle!"

Marzipantorte

Einen Biskuitboden backen (oder beim Bäcker kaufen) und zweimal waagrecht durchschneiden, damit drei Böden entstehen.

Zutaten:

Füllung und Abdeckung/Ummantelung:

300 g Aprikosenkonfitüre
250 g Rohmarzipan
125 g Puderzucker
1 Glas (2 cl) Rum (oder Rosenwasser)
2 Esslöffel Zucker (30 g)

Dekoration (Marzipanrosen):

20 bis 50 g Puderzucker auf
100 g Marzipanrohmasse
(Menge je nach Anzahl und Größe der herzustellenden Marzipanrosen)
Lebensmittelfarben Rosa/Rot (für die Rosenblüten) und Grün (für die Rosenblätter)

Zubereitung:

Füllung und Abdeckung/Ummantelung:

Den unteren Biskuitboden mit Konfitüre bestreichen und den zweiten Biskuitboden daraufsetzen, ebenfalls bestreichen und den dritten Biskuitboden daraufsetzen. Restliche Konfitüre erwärmen und damit den Rand und die Oberfläche der Torte dünn bestreichen. Marzipanrohmasse mit Puderzucker und Rum (oder Rosenwasser) in einer Schüssel geschmeidig kneten. Danach die Masse auf dem verteilten Zucker zu einer runden Platte und zu einem langen Streifen ausrollen. Damit die Oberfläche der Torte belegen und den Tortenrand ummanteln.

Zubereitung der Marzipanrosen:

Marzipanrohmasse mit Puderzucker verkneten (bis sie formbar und nicht klebrig ist).

Marzipan aufteilen und mit Lebensmittelfarbe einfärben (rosa/rot für die Blüten und grün für die Blätter). Jeweils gut durchkneten, damit sich die Farbe gleichmäßig verteilt.

Nun mit etwas Geschick Rosenblüten und Rosenblätter formen und auf einer Frischhaltefolie etwas antrocknen lassen.

Danach Rosenblüten mit den Rosenblättern auf die Torte setzen.

Je nach Anzahl der gefertigten Rosen: entweder einige Rosen in die Mitte der Torte setzen oder 12 bzw. 16 Stücke auf der Torte markieren und jeweils eine Rose daraufsetzen.

Hinweis:

Anleitungen zum Formen von Marzipanrosen finden Sie im Internet.
Auch können Marzipanrosen fertig gekauft werden.

Marita A. Panzer

MARZIPANROSEN

An meinem sechsten Geburtstag Mitte der fünfziger Jahre bekam ich eine Torte, die über und über mit rosafarbenen Rosen aus Marzipan besetzt war. Die hatte der Gotteszeller Bäckermeister Thun* kreiert und am Vortag mit seinem Wagen geliefert.

Meine Familie und ich wohnten nämlich nicht direkt im Dorf Gotteszell, sondern etwa ein bis zwei Kilometer entfernt im Ortsteil Gotteszell-Bahnhof. Als junger Ingenieur hatte mein Vater damals die Bahnmeisterei inne und war als Bundesbahnbeamter mitsamt seiner Familie hierher in den Bayerischen Wald versetzt worden. Wir wohnten in einem Haus, das im Parterre das Büro der Bahnmeisterei und im ersten Stock darüber unsere Wohnung beherbergte. Umgeben war das Gebäude von einem weitläufigen Grundstück mit Garten. Hangabwärts pfauchte zum Vergnügen aller Kinder die Dampflok mit ihren Waggons vorüber. Besonders gern lagen wir – verbotenerweise – auf dem Bauch oberhalb der Mündung des Tunnels und warteten auf den Zug und die uns umhüllende Dampfwolke, sehr zum Missvergnügen der Mütter, denn es kam nicht nur Wasserdampf aus dem Schlot der Lokomotive, sondern auch Ruß.

Nun besaßen meine Eltern damals noch kein Auto, da wir Freifahrten für den Bahnverkehr hatten oder uns mein Vater ab und zu mit der Draisine zum nächsten Ort fuhr. Wenn es aber eilig war, half Bäckermeister Thun mit seinem Lieferwagen aus. Zumal er und meine Eltern in lebhafter Freundschaft verbunden waren.

Ob nun die Geburtstagstorte mit den Marzipanrosen schuld an meinen peinigenden Zahnschmerzen war, bleibt dahingestellt. Jedenfalls tobte der Backenzahn am folgenden Tag nach dem Tortengenuss schrecklich und es musste umgehend der Zahnarzt im benachbarten Marktort Ruhmannsfelden aufgesucht werden. Bäcker Thun lieferte meine Mutter und mich dort ab, blieb jedoch im Wagen sitzen und wartete darauf, dass wir nach erfolgreicher Behandlung wieder mit ihm heimfahren konnten.

Ohne mich und meinen Zahn zu untersuchen, beschloss der Zahnarzt – oder war es ein Bader – sogleich, den Backenzahn herauszureißen. Schließlich sei es ja nur ein Milchzahn und da kämen dann sowieso die zweiten Zähne nach, meinte er.

Noch nie war ich Sechsjährige bei einem Zahnarzt gewesen. Denn die wackeligen Milchzähne wurden bisher mittels eines Fadens, der um den üblen Zahn und um einen Türgriff gebunden war, beim Zuschlagen der offenen Tür flugs herausgerissen. Für mich war ein Zahnarzt daher etwas Neues! Erwartungsvoll nahm ich daher auf dem Behandlungsstuhl Platz, sperrte meinen Mund weit auf – hinter mir war meine Mutter auf Geheiß in Stellung gegangen, um mich an Kopf und Schultern festzuhalten – und über mich wölbte sich die massige Gestalt des Operateurs mit einer Zange in der Hand, die bald in meinem Mund verschwand.

Mein ohrenbetäubendes Gebrüll weckte den guten Bäckermeister unten im Lieferwagen aus seinem Schlummer. Aufgeschreckt stürmte er die Treppen zur Praxis hinauf, stürzte ins Behandlungszimmer, riss den Übeltäter von mir derart heftig weg, dass beide hinterrücks zu Boden fielen. Wie eine Siegestrophäe streckte der Zahnarzt seinen Arm samt Zange und Backenzahn in die Höhe. Mit vereinter Kraft und Körpergewicht hatten sie ihn mir herausgerissen.

Verdattert von diesem Anblick hörte ich auf zu heulen und meine Mutter lachte, bis ihr die Tränen kamen. Mit nach Hause nehmen wollte ich den mir dargereichten Zahn dann aber doch nicht. Lieber war mir da schon das Versprechen, mir zum Trost bald wieder eine Torte zu schenken.

Seither fürchte ich mich vor keinem Zahnarztbesuch: Ich denke einfach an die wundervollen Rosen aus Marzipan des Gotteszeller Bäckermeisters.

**Der Name wurde geändert.*

Oma Ellis Kürbissuppe

Zutaten für 4 Personen:

1 Hokkaido-Kürbis
1 Gemüsezwiebel
3 EL Olivenöl
1 Apfel
Gemüsebrühe (Pulver oder Würfel)
Salz und Pfeffer
Majoran
Muskat
Zimt

Zum Verfeinern/Garnieren:
Kürbiskernöl, geröstete Kürbiskerne

Zubereitung:

Den Kürbis waschen und zunächst halbieren, Stiel- und Blütansatz abschneiden und mit einem Löffel die Kerne und Fasern entfernen. Der Hokkaido-Kürbis braucht nicht geschält zu werden. Kürbishälften erst in Streifen und dann in ca. 1 cm große Würfel schneiden.
Anschließend die Zwiebel klein würfeln, Apfel entkernen und in Stücke schneiden.

Olivenöl in einem Topf erhitzen und die Zwiebelwürfel darin anbraten, bis sie glasig werden. Kürbiswürfel zugeben und ebenfalls andünsten. Apfelstücke untermischen. Brühpulver darüberstreuen und mit kochendem Wasser aufgießen.

Etwas Salz, Pfeffer, Majoran dazugeben. Wer das Brühpulver weglassen möchte, gibt etwas mehr von den Gewürzen hinein. 20-30 Minuten auf kleiner Flamme köcheln lassen, bis die Kürbiswürfel weich sind. Topf vom Herd nehmen, mit dem Mixstab pürieren und mit Muskat und Zimt abschmecken. Bei Bedarf noch etwas Wasser zugeben.

Vor dem Servieren Kürbiskernöl, geröstete Kürbiskerne oder auch einen Klecks Sahne auf die Suppe geben; dazu Baguette oder anderes Brot reichen.

Sabine Rädisch

DER BRUCHPILOT

Sandra sitzt an ihrem Schreibtisch vor dem Fenster. Obwohl es schon dämmert, ist der Bildschirm ihres Laptops die einzige Beleuchtung im Raum. Seit einer halben Stunde sitzt sie hier und kann sich nicht überwinden, aufzustehen und das Licht einzuschalten. Es hat keinen Zweck: Sie muss verkaufen. Seit sie den Kostenvoranschlag für die Dacherneuerung aus dem Briefumschlag gezogen hat, liegen die Fakten schwarz auf weiß vor ihr. Ihr Geld reicht einfach nicht mehr, die Schließung ihres Cafés im letzten Jahr hat alle Rücklagen aufgezehrt.

Mitten hinein in die lähmende Stille platzt ein kurzes, blechernes Geräusch. Es kommt von draußen, aus dem Garten. Ein Schuss, denkt Sandra im ersten Moment. Aber vermutlich ist es nur ein reifer Apfel, der auf die verzinkte Gießkanne gefallen ist. Ihre Phantasien vom wilden Westen verdankt sie Holger, ihrem Nachbarn. Ja, mit einer Pistole unter dem Kopfkissen hätte sie schlafen sollen, dann hätte sie ihm gestern Nacht schon Beine gemacht, bevor er den Strunk des Gelben Zentners durchschnitt. Das Quietschen des Gartentors hat ihn verraten. Ein richtiger Einbrecher wäre geräuschlos über den Zaun gestiegen, aber dafür ist Holger zu behäbig. Dennoch hat er es geschafft, ihr die Hoffnung auf den Hauptgewinn beim bayernweiten Kürbiswettbewerb zu nehmen. Das Preisgeld ist besonders hoch in diesem Jahr. Es stammt aus einem EU-Fördertopf für regionale Gartenkultur, und ein privater Spender hat noch etwas draufgelegt. Bis zu Holgers hinterhältigem Sabotageakt hat sich Sandra gute Chancen ausgerechnet, in der Kategorie „Größter Kürbis“ zu gewinnen. Jetzt bleibt ihr nur noch die neu eingeführte Disziplin „Gaumenfreuden“, wo es allerdings nur Gutscheine für Küchenutensilien zu gewinnen gibt sowie ein Wellnesswochenende im Bayerischen Wald. Beinahe muss sie lachen. Was ist schon ein Kurzurlaub im Vergleich zu ihrem geliebten Häuschen in Kleinprüfening, direkt an der Donau? Seit zwanzig Jahren lebt sie hier, fast ihr ganzes Erwachsenenleben. Sie hat das Haus von ihrer Oma geerbt, samt einem wunderbaren Obstgarten. Sehnsüchtig denkt Sandra an die Gläser mit Beerengelee, Apfelkompott und eingelegten Gurken im Keller, von denen sie nach Omas Tod noch lange zehrte. Schon als Kind half sie beim Kochen und Einmachen mit, und Oma hat ihr ein Notizbuch mit all ihren Garten- und Küchengeheimnissen hinterlassen. Unter anderem das Rezept für die Kürbissuppe, die Sandra heute Mittag gekocht hat und von der noch gut die Hälfte übrig ist. Ihr feiner Duft liegt immer noch im Raum.

Der Gedanke an einen Teller warmer Suppe tröstet Sandra, und zum Nachtisch wird sie sich ein Glas von dem duftenden Himbeergelee aus dem Keller holen. Endlich steht sie auf und streckt ihre steif gewordenen Arme und Beine. Es ist kühl im Haus, denn um Geld zu sparen, hat Sandra die Heizung noch nicht angestellt. Stattdessen holt sie Omas alte, braune Strickjacke aus der Garderobe und will schon die Tür zum Kellerabgang öffnen, als sie draußen Schritte hört. Sie kommen näher und verstummen dann. Jemand muss direkt vor der hölzernen Eingangstür stehen, aber dieser Jemand drückt nicht auf die Klingel. Ist das Holger? Will er ihr Angst einjagen? Wut sammelt sich in ihrer Kehle. Sandra schnaubt, packt den langen, metallenen Schuhlöffel – ebenfalls ein Erbstück von Oma – und reißt die Tür mit einem Kampfschrei auf, der sie selbst überrascht.

Die Person vor der Tür schreit ebenfalls. Aber nur kurz. Schade eigentlich. Denn die Stimme klingt tief und trotz allem irgendwie beruhigend. Die Person trägt einen dunkelroten Pullover und riecht nach Schafwolle und etwas anderem, Maschinenöl vielleicht. Sandra lehnt sich nach vorn, und die Person tritt einen Schritt zurück. Endlich kann sie auch den Kopf sehen, in gefühlt zwei Meter fünfzig Höhe. Ein Mann in ihrem Alter, blonde Locken, freundliches Gesicht. Und diese Augen: dunkelgrün wie steirische Kürbiskerne. Ein interessanter Typ, der ihr sicher nichts verkaufen will. Dafür ist er viel zu still.

„Wollen Sie zu mir?", fragt Sandra, und endlich kommt Leben in ihn: „Nicht direkt. Aber ich brauche ... ich bin mit meinem Fahrzeug liegen geblieben." Er betont jedes zweite oder dritte Wort auf der falschen Silbe. Sie versucht, an ihm vorbei zur Straße zu sehen, aber er füllt fast ihr ganzes Sichtfeld aus.

„Sie sollten lieber einen Pannendienst rufen." Plötzlich wirkt er verlegen. Hat er ein Auto geklaut oder ist er ohne Führerschein unterwegs? Vielleicht besitzt er auch bloß kein Handy. „Sie können bei mir telefonieren, wenn Sie wollen."

Sandras Festnetztelefon steht im Flur. Sie hat nicht das Gefühl, dass der Mann gefährlich ist. Trotzdem hält sie den Schuhlöffel weiter umklammert. Sicherheitshalber. Der Typ muss sich ganz schön bücken, um unter dem Türsturz durchzukommen.

„Hier", sagt sie und zeigt auf die Telefonbank. „An der Pinnwand stehen verschiedene Servicenummern. Oder soll ich was für Sie googeln?"

„Googeln?" Er sieht so erstaunt aus, dass Sandra lachen muss.

„Na, ich kann Ihnen die Nummer im Internet nachschauen. Sie gucken mich an, als kämen Sie vom Mars", sagt sie, und er schüttelt energisch den Kopf. „Nein, viel zu kalt da, und zu viel Kohlendioxid in der Atmosphäre. Jedenfalls für uns Menschenähnliche."

Jetzt ist es Sandra, die staunt.

„Ich brauche nur etwas Öl", sagt er.

Langsam bereut sie, dass sie den Typen ins Haus gelassen hat. Ihr Magen knurrt. Sie will endlich einen Teller Suppe. Sie öffnet die Küchentür. Der Mann folgt ihr. Während er sich unter dem Türsturz durchfaltet, legt Sandra den Schuhlöffel auf die Eckbank, tritt an den Herd und schaltet die hintere Platte ein, auf der noch der Suppentopf von heute Mittag steht.

„Ich heiße übrigens Stefan." Sogar seinen eigenen Namen betont er auf der falschen Silbe! Sie dreht sich zu ihm um. Seine Nase berührt fast den Lampenschirm, und er schnuppert, wobei er den Kopf etwas in den Nacken legt. „Das riecht aber gut hier."

Sandra nimmt es als Kompliment, doch zum Essen einladen wird sie ihn sicher nicht.

„Okay", sagt sie. „Ich bin Sandra. Und ich habe weder ein Auto noch Motoröl. Du kannst dir welches bei der Tankstelle in Sinzing besorgen. Ist nicht so weit." Er sieht sie fragend an, und Sandra seufzt: „Soll ich dir mein Fahrrad leihen?"

Stefan hebt die Hände. „Das ist nicht nötig. Pflanzenöl reicht. Und ich kann nicht Rad fahren." Er schaut die Flasche an, die auf dem Esstisch steht, will danach greifen, aber Sandra kommt ihm zuvor. „Mein gutes Kürbiskernöl! Untersteh dich. Ich glaube nicht, dass dein Motor das verträgt. Ich glaube vielmehr, du solltest dich langsam vom Acker machen!"

„Vom Acker? Sagt man das so? Ich bin im Garten ... also, ich bin nicht weit von hier gelandet und kann erst weg, wenn du mir Öl gibst. Nur ein bisschen. Bitte." Immerhin kennt Stefan das Zauberwort, und er schaut ihr geradewegs ins Gesicht. Diese dunkelgrünen Augen! Dazu der Retro-Wollpullover, die seltsame Sprechweise und das wirre Zeug, das er von sich gibt ... das ist doch nicht normal. Nimmt er vielleicht Drogen? Sie will sich lieber nicht mit ihm anlegen. Also greift sie nach dem leeren Marmeladenglas auf dem Abtropfgitter neben der Spüle, gießt ein wenig von dem Öl hinein und reicht es Stefan.

„Hier, nimm das. Mehr kann ich leider nicht für dich tun. Und jetzt entschuldige mich, ich gehe heute mit meinem Freund ins Kino und möchte vorher noch was essen."

Sie hat zwar weder einen Freund noch eine Verabredung. Aber eine Lüge scheint ihr die einzige Chance ihn loszuwerden, ohne ihn vor den Kopf zu stoßen. Leider rührt sich Stefan nicht vom Fleck. „Du glaubst mir nicht", sagt er.

Sandra schaut auf den Boden. Sie hat noch nie gut lügen können. Zum Glück dreht Stefan sich jetzt einfach um. Er bückt sich unter der Küchentür durch, einen Augenblick später schlägt die Haustür zu. Er ist weg, ohne ihr zu danken oder sich zu verabschieden.

Einen Augenblick später hört sie das Gartentor quietschen. Sofort sieht sie wieder Holger vor sich, wie er nachts im Mondlicht durch ihren Garten schleicht, ein fieses Grinsen auf dem Gesicht und den Bolzenschneider in der Hand, mit dem er ihrem preisverdächtigen Kürbis die Nabelschnur durchtrennte.

Sie greift sich den Schuhlöffel und rennt zurück ins Wohnzimmer, hinaus auf die Terrasse. Ihr Blick geht erst nach links, wo sie den Eindringling auf dem Gartenweg vermutet, der ums Haus herumführt. Dann zum Apfelbaum und schließlich in den hinteren Teil des Gartens. Dort ist der Komposthaufen mit ihren Schätzen. Und dort steht, das Marmeladenglas in seiner Hand, ein großer Mann, dessen roter Wollpullover mit dem Orange der Hokkaido-Kürbisse um die Wette leuchtet. Doch Stefan hat nur Augen für die Patissons daneben, die hübschen, aber nicht besonders großen Ufo-Kürbisse.

„Finger weg!", schreit Sandra und rennt los.

Außer Atem kommt sie bei Stefan an. Was tut er da? Behutsam biegt er die Blätter auseinander. Die meisten der weißen Früchte hat Sandra im Sommer schon abgeerntet und nur ein paar zur Zierde übrig gelassen. Schon länger hat sie nicht mehr nach ihnen geschaut und staunt nicht schlecht, als sie unter Stefans Händen ein recht großes Exemplar entdeckt, kaum kleiner als der halbwüchsige Gelbe Zentner. Es ist makellos und glänzend, wie Metall. Stefan hat einen Finger in das Kürbisöl getaucht und dieser Finger tippt jetzt auf den Rand des Patissons.

„Ich sagte, Hände weg von meinem Kürbis!"

Sie holt mit dem Schuhlöffel aus, doch Stefan dreht sich nur gelassen um und hält ihn mühelos fest. Dann zieht er sie damit zu sich heran, bis ihre Nase fast den roten Pulli berührt. Sie kann die Vibrationen seines Oberkörpers beinahe spüren, als er sagt: „Hände weg von meinem …“

Sandra lässt los und stolpert einen Schritt zurück. „Von deinem was?“, fragt sie.

Da hört sie ein leises Fauchen. Es kommt aus dem Kürbisbeet. Die grünen Blätter bewegen sich, dort, wo sie sich vor einem Augenblick über dem glänzenden Patisson geschlossen haben, als Stefan seine Hand wegnahm. Ein Stück Schale wird sichtbar. Und noch eins. Der Kürbis bewegt sich!

Sandra kann nicht anders, sie muss lachen: „Ist da ein Tier? Ein Maulwurf vielleicht?“

Die Tiere sind normalerweise so scheu, dass sie flüchten, wenn sie die Vibration von Schritten über ihrer Behausung spüren. Nur wenn Sandra lange regungslos im Garten sitzt und meditiert, kann sie manchmal beobachten, wie ein neuer Maulwurfshügel entsteht. Außerdem müsste der kleine Kerl schon Superkräfte haben, um einen mittelgroßen Kürbis umzuwerfen. „Was geht hier vor sich?“, fragt sie.

„Nichts“, sagt Stefan. „Entschuldige meine Neugier, aber sind das Zierkürbisse, oder kann man die essen?“ Er deutet auf die Hokkaidos. Sandra ist kurz abgelenkt, aber dann hört sie wieder dieses Fauchen, und eine dünne Rauchsäule steigt auf.

„Zündest du etwa meinen Garten an?“ Sie denkt nicht lange nach. Sie greift zur Gießkanne – und erstarrt in der Bewegung. Der Patisson vor ihr ist einen halben Meter groß! „Was ist das?“, fragt Sandra. „Ein aufblasbarer Kürbis, für Halloween?“

Stefan schüttelt den Kopf. „Du wirst mir nicht glauben, wenn ich es dir sage. Außerdem ist meine Mission geheim.“

„Ja ja, schon klar. Könntest du deine Experimente woanders durchführen? Und nimm deinen Halloween-Kram wieder mit. Hier gibt es nur echte Kürbisse ohne Special Effects.“ Im selben Moment fällt ihr die Suppe ein. „Ich muss zurück ins Haus. Und du verschwindest jetzt von hier oder ich rufe die Polizei. Ist das klar?“

Damit lässt sie Stefan stehen und macht sich auf den Rückweg in die Küche. Dort fängt die Suppe gerade an zu blubbern, und am Topfboden hat sich eine dickere Schicht abgelegt. Nichts, was sich nicht durch Wasserzugabe und Umrühren beseitigen ließe. Zum Glück hat Sandra den Herd nur auf niedriger Stufe eingeschaltet.

Von ihrem Essplatz im Wohnzimmer aus kann sie gut den Garten überblicken. Keine Spur von Stefan, ihr seltsamer Besucher ist offenbar wirklich weg. Aber leuchtet da nicht immer noch der riesige weiße Patisson durch die grünen Blätter?

Kaum hat sie sich gesetzt und den ersten Löffel zum Mund geführt, klingelt es an der Tür. Was ist das nur für ein irrer Tag heute? Wahrscheinlich der Paketbote, der eine Sendung für Holger bei ihr hinterlegen will. Wie oft hat sie ihm eigentlich schon gesagt, dass sie für diesen Nachbarn nichts mehr annimmt?

Sie reißt die Tür auf und sieht Rot. Normalerweise hat der Paketbote oben einen gelben Streifen. Im Gegensatz zu dem Mann, der vor ihr steht. „Was willst du denn jetzt noch?“, fragt sie.

Stefan legt den Kopf in den Nacken, sodass sie von unten in seine Nasenlöcher schauen kann, und schnuppert. „Dieser köstliche Duft“, sagt er. Dann beugt er sich ein wenig herunter und fragt: „Kann ich reinkommen? Ich muss mit dir reden.“

Die kürbiskerngrünen Augen müssen sie hypnotisiert haben, denn kurze Zeit später sitzt Stefan ihr gegenüber und hat ebenfalls einen Teller Suppe vor sich.

„Das da draußen ist kein Kürbis. Das ist mein Raumschiff“, sagt er.

Es kostet Sandra einiges an Selbstbeherrschung, schweigend ihre Suppe weiter zu löffeln. Gleich morgen wird sie losziehen und sich nach den Voraussetzungen für einen Waffenschein erkundigen. Und dann wird sie die Pistole kaufen. Oder soll sie sich lieber für einen Selbstverteidigungskurs anmelden? Das wäre billiger und eine fernöstliche Kampfkunst käme ihrer pazifistischen Grundhaltung mehr entgegen. Auch wenn Holger und Stefan diese heute schon mehr als überstrapaziert haben.

„Ich komme von einem kleinen Planeten in der Andromeda-Galaxie und erforsche seit Jahren die Erde. Ich bin nämlich Erdwissenschaftler." Stefan lächelt. Er sieht wirklich nicht schlecht aus, der Kerl. Ein Jammer, dass er so neben der Spur ist. Vielleicht ist es am besten, wenn sie das Spiel mitspielt.

„Aber du bist doch nicht zum ersten Mal hier, oder? Du bewegst dich sicher durch die Gegend und du sprichst meine Sprache ... das alles kann man doch nicht aus der Ferne erforschen."

„Unsere Forschung basiert auf Beobachtung, Simulation und ein paar Gesteinsbrocken aus dem All", sagt Stefan. „Wir haben unsere Computer mit allen bekannten Parametern gefüttert und sie jahrelang rechnen lassen. So entstand ein komplexes Modell eures Planeten. Damit habe ich sogar eure Sprache gelernt!"

„Dein Wortschatz und die Grammatik sind in Ordnung", bestätigt Sandra. „Nur bei der Betonung triffst du manchmal daneben."

Er schaut sie überrascht an, seine Augenbrauen wandern nach oben. Seine Mimik kommt ihr ziemlich menschlich vor, aber es könnte natürlich sein, dass sie ihn missversteht.

„Das wusste ich nicht", sagt er. „Aber ich lerne schnell. Ich kann noch gar nicht glauben, dass ich wirklich hier bin!"

„Und, gefällt es dir? Sind wir so, wie du es dir vorgestellt hast?"

Er scheint einen Moment zu überlegen. „Du bist auf jeden Fall ... interessant. Da ist so ein Leuchten um dich herum, das kann ich nicht erklären. Und ein Gefühl – Traurigkeit, glaube ich."

„Verzweiflung trifft es eher." Sandra ist drauf und dran, diesem seltsamen Gast ihr Herz auszuschütten.

„Obwohl du so ein hübsches Haus und einen wunderschönen Garten hast?"

Sandra seufzt. „Bald nicht mehr. Es stehen jede Menge Reparaturen an, die ich mir nicht leisten kann. Mein Nachbar Holger wartet nur darauf, dass ich aufgebe und er sich mein Grundstück unter den Nagel reißen kann. Er macht mir das Leben schwer, wo er nur kann."

Sie erzählt Stefan von dem Kürbiswettbewerb und Holgers Sabotage-Akt, wobei er eifrig in ein Gerät tippt, das er aus der Bauchtasche seines Wollpullovers gezogen hat. Von der Funktion her könnte es ein Smartphone sein, hat aber ein ganz anderes Format, beinahe würfelförmig. „Für meine Forschung", sagt Stefan entschuldigend. „Über einen Kürbiswettbewerb habe ich noch nichts in unserem System. Das wird unser Erdmodell enorm verbessern."

Sandra nickt. „Klaro. Weißt du, was mir stinkt? Dass Holger jetzt wahrscheinlich selbst gewinnt. Er hat einige aussichtsreiche Exemplare im Garten."

„Das könnte man leicht ändern." Stefan schaut von seinem Würfel auf, ein Lächeln auf dem Gesicht. „Und ich muss es sowieso tun."

„Was musst du tun? Seine Kürbisse zerstören?"

„Nein, wo denkst du hin? Ich werde mein Raumschiff dekomprimieren."

„De ... was?"

Stefan nimmt ein Stück Baguette und wischt damit den Rest seiner Suppe auf. „Sehr, sehr lecker übrigens", sagt er, steckt das Brot in den Mund und kaut langsam zu Ende, bevor er antwortet: „Meine Reise hierher ist erst möglich geworden, weil wir eine sehr energiesparende Technik entwickelt haben."

„Und die wäre?"

„Jetzt bin ich normal groß, also in etwa so wie ein Mensch, aber ich kann mich und mein Raumschiff schrumpfen. So brauchen wir sehr wenig Treibstoff und können große Distanzen überwinden. Die Technologie ist noch ganz jung, aber ich habe mich darauf verlassen, dass sie funktioniert."

„Und wie funktioniert sie?" Sandra ist inzwischen so fasziniert von Stefans Gedankenwelt, dass es ihr egal ist, wie abgefahren sich seine Geschichte anhört.

„Mit Hilfe von Pflanzenöl. Ich hatte die benötigte Menge an Bord, aber während meines Eintritts in die Erdatmosphäre begann es zu rauchen und ich musste es ablassen. Sonst wäre mein Raumschiff explodiert."

Sandra geht ein Licht auf. „Das Kürbisöl!"

„Genau. Ich brauche noch mehr davon. Ich muss dekomprimieren, um wieder einzusteigen und mich vom Acker zu machen, wie du das nennst. Mein Körper kann nämlich nur innerhalb des Raumschiffs schrumpfen. Und dann sorge ich dafür, dass du den Kürbiswettbewerb gewinnst."

Stefan steht auf, und Sandra ebenfalls, um ihn zur Tür zu bringen und sicherzustellen, dass er auch wirklich geht. Stattdessen nimmt er die Flasche mit dem Kürbisöl. „Komm mit", sagt er, und sie lässt sich von ihm über die Terrasse in den Garten ziehen.

Während sie langsam auf das Kürbisbeet zugehen, donnert ein Güterzug über die nahegelegene Eisenbahnbrücke. Es ist dunkel geworden, Feuchte kriecht von der Donau herauf. Auf der Wasseroberfläche spiegeln sich die Lichter der Häuser diesseits und jenseits des Flusses, dazwischen glitzert das Mondlicht. Die Schale des Patissons schimmert hell zwischen den nachtgrauen Blättern. Tatsächlich kommt er Sandra noch ein bisschen größer vor als vorhin; die Gießkanne liegt umgekippt neben dem Beet.

Sandra sieht zu, wie sich Stefan wieder hinunterbeugt und vorsichtig Öl auf die Schale träufelt. Sie scheint von innen heraus zu leuchten, und dann ist es nicht mehr zu übersehen: Der Ufo-Kürbis wächst. Und wächst. Es riecht metallisch und ein wenig nach Gurke. Es zischt und dampft. Es kann nicht sein. Und doch. Sein Durchmesser ist jetzt schon größer als der des Gelben Zentners, er ist schon ein Stückweit in den Kompost eingesunken. Sandra legt Stefan eine Hand auf die Schulter. „Das ist unheimlich", sagt sie. „Hör auf!"

Doch Stefan hört nicht auf, er schiebt sein Kürbis-Raumschiff nur ein wenig zur Seite, damit es nicht an den Gartenzaun stößt. Schließlich öffnet er die ovale Einstiegsöffnung, und warmes Licht fällt in den Garten. Drinnen ist es so behaglich wie in Sandras eigenem Wohnzimmer, es gibt bequeme Liegesessel und kuschelige Felldecken und eine Beleuchtung, die an Millionen Sterne erinnert. Dabei kann man die echten Sterne vom Fenster aus sehen, wenn man durch das Weltall schwebt. Jedenfalls stellt sie sich das so vor.

„Lust auf einen Rundflug?“, fragt Stefan. Sandra kann es sich nicht erklären, aber sie vertraut Stefan vollkommen. Also steigt sie ein und macht es sich am Fenster bequem, während Stefan das Steuerpult übernimmt.

Und dann sieht sie ihr Häuschen plötzlich von oben. Durch das Dachfenster über dem Treppenhaus scheint Licht, und sie kann ihren Kamin erkennen. Ein Vogelnest ist darauf; kein Wunder, dass er nicht mehr richtig zieht. Und ihr wunderschöner Garten im Mondlicht! Langsam steigen sie über der Donau auf, es ist ein bisschen wie die Fahrt mit dem Heißluftballon, die Sandra mal mit ihrer besten Freundin unternommen hat. Dann schweben sie über die Marienhöhe hinweg, auch hier vereinzelt Lichter, und über den Wald und über die Autobahn und über den nächsten Fluss ...

Sandra muss eingeschlafen sein, denn im nächsten Moment befindet sie sich in einer großen Halle und kann sich nicht erinnern, wie sie dort hingekommen ist. Sie sitzt in der ersten Reihe und hat einen sehr guten Blick auf die Bühne, auf der verschiedenartige Kürbisse aufgereiht sind. Darunter ein großer Patisson, größer als alle, die sie bisher gesehen hat. Und dann tritt der Laudator ans Mikrofon. Als Sandra ihren Namen hört, stößt ihr Nebenmann sie unsanft in die Seite.

„Sie müssen raufgehen“, knurrt der Mann neben ihr. Wahrscheinlich hat er sich selbst Hoffnungen auf den Titel gemacht. Sie stolpert die drei Stufen zur Bühne hoch und begreift, dass sie tatsächlich gewonnen hat: Ein hohes fünfstelliges Preisgeld, genug, um ihr Dach zu reparieren und die Heizung noch dazu.

Benommen blinzelt sie ins Publikum. In der dritten Reihe erkennt sie Holger. Sein grimmiges Gesicht macht ihr nichts mehr aus, im Gegenteil: Sie kann sich ein triumphierendes Lächeln nicht verkneifen. Als ihre Blicke sich treffen, steht er auf und drängelt sich zum Ausgang, wobei er einigen seiner Sitznachbarn empfindlich auf die Füße tritt.

Der Moderator schüttelt lange Sandras Hand, Blitzlichter flammen auf, sie wird beglückwünscht und bekommt noch einen Strauß Blumen in den Arm gelegt, während sie neben ihrem Kürbis posiert. Als sie verstohlen hinunterschaut, meint sie ein winziges Fenster zu erkennen. Dahinter eine kleine Gestalt in einem roten Pullover, die ihr zuwinkt.

Zwei Stunden lang gibt sie Interviews, schüttelt noch mehr Hände, wird in Gespräche verwickelt und bekommt schließlich ein Jobangebot als Kürbisbotschafterin. Dann ist es vorbei. Die Halle leert sich, Pappbecher und Papierfetzen bleiben zurück.

Der Ufo-Kürbis aber ist verschwunden. Nur ein kleiner Klecks dunkelgrünes Öl ist auf dem Sockel zurückgeblieben.

Zwiebelkuchen

Zutaten:

Für den Teig:
300 g Roggenmehl, zum Ausrollen noch 1-2 EL Weizenmehl
1 Prise Salz
1 Prise Zucker
1 Sauerteighefe 75 g (aus dem Backregal)
1 Trockenhefe

Für den Belag:
1 alte Semmel
Milch zum Einweichen
150 ml lauwarmes Wasser
1 kg Zwiebeln
250 g Schinkenwürfel
2 EL Schmand
2 Eier
Kümmel (nach Belieben)
Salz u. Pfeffer (vorsichtig, da die Schinkenwürfel salzig sind)
1-2 EL Semmelbrösel

Zubereitung:

Teig:

Für den Teig alle Zutaten mit einer Küchenmaschine kräftig durchkneten. Abdecken und an einem warmen Ort mindestens 30 Minuten gehen lassen.

Belag:

Die Semmel in Milch einweichen. Zwiebeln schälen und Ringe od. Streifen schneiden, anschließend in einer Pfanne glasig dünsten. Abkühlen lassen, Gewürze, Eier, Schmand und die eingeweichte, aber ausgedrückte Semmel zufügen. Die Masse soll nicht zu flüssig sein, bei Bedarf Semmelbrösel zugeben.

Den Teig ausrollen, ca. 15 Minuten gehen lassen.
Backofen auf 200° Ober- und Unterhitze vorheizen.
Die abgekühlte Zwiebelmasse auf den Teig geben, Schinkenwürfel und Kümmel drüberstreuen.
Backzeit ca. 25-30 Minuten, anschließend nach Bedarf mit Oberhitze oder Grill ca. 3 Min. bräunen.

Claudia H. Spelic

GEBURTSTAGS-ÜBERRASCHUNG

Frederiks Hand wandert in die Sakkotasche. Die Finger gleiten über die Ränder des kleinen Kästchens. Vorsichtig zieht er es zum dritten Mal heraus, um einen Blick hineinzuwerfen. Er ist zufrieden. Ein solcher Entschluss will durchdacht und gut geplant sein. Nein, es ist keine Kurzschlusshandlung. Schon kurz nach ihrer ersten Begegnung war es für ihn klar. Er ist überzeugt, mit dem heutigen Tag den passenden Zeitpunkt gewählt zu haben.

„Was machst du da? Lass ja die Finger vom Teig", ertönt eine Stimme aus dem Wohnzimmer.

Er zuckt zusammen. Blitzartig schnellt seine Hand hinter den Rücken. Ein Klacken, dann ist das Kästchen wieder verschlossen, fast wäre es ihm entglitten. Schnell versenkt er es erneut in der Jackentasche.

„Keine Angst, dein Brotteig ist unversehrt."

„Brotteig? Etwas mehr Beachtung hat er schon verdient. Das ist ein Sauerteig. Wusstest du, dass der erste Sauerteig bereits 79 nach Christus durch die Vermischung von Weizenkleie mit drei Tage altem Traubenmost zustande kam?"

„Mahlzeit, das hört sich ja lecker an. Was fabrizierst du eigentlich?"

„Zwiebelkuchen, für heute Abend, nach einer Backanleitung von meiner Oma."

„Da haben wir ja Glück, ganz so alt kann das Rezept folglich nicht sein."

„Lass das Lästern. Im Übrigen hältst du mich von der Arbeit ab."

„Schade um den Traubensaft. Ich bin ja der Meinung, wir sollten den lieber vergoren, in Form von Rot- oder Weißwein, zu uns nehmen, ha-ha."

„Scherzkeks! Wie wäre es, wenn du einen Ausflug zum Alpinen Steig machst. Und nein, du brauchst keine Kletterschuhe, es geht ein Weg rechts durchs Wäldchen hinunter bis zur Schwarzen Laber. Nimm meinen Bruder und den Hund mit, die können beide frische Luft vertragen."

„Hört sich so an, als ob ..."

„Ja, ich will dich loswerden, zumindest für die nächsten zwei bis drei Stunden. Du weißt ja, dass ich am liebsten alleine in meiner Küche werkele und deine dummen Kommentare sind auch nicht hilfreich."

„Wow, wow, wow, gleich so energisch!" Mit einem Kuss auf Amelies Wange bemüht sich Frederik, dem Kippen der Stimmung zuvorzukommen.

„Wann treffen denn eigentlich die Gäste ein, Liebes?"

„Um 19.00 Uhr, ihr könnt euch also Zeit lassen. Nehmt etwas zu trinken mit und Wasser für den Hund."

„Na dann, fröhliches Backen, Geburtstagskind." Mit gespielter Gelassenheit verlässt Frederik die Küche.

Eigentlich hat er sich den Tag anders vorgestellt. Gemächlich mit einem Veneziano auf der Terrasse sitzen, sich die Sonne auf den Pelz brennen lassen, mit Lukas über den nächsten Urlaub fachsimpeln und gemeinsam auf die Gäste warten. Nach dem Essen würde er die Bombe platzen lassen. Er freut sich schon auf Amelies überraschten Blick.

„Mach' nicht so ein Gesicht." Amelies jüngerer Bruder klopft Frederik ermunternd auf die Schulter.

„Hey, es wird keine Tagestour." Und augenzwinkernd in gedämpftem Ton: „Im Rucksack ist genügend flüssiger Proviant, und zwei Stunden laufen sollte selbst ein Schreibtischtäter wie du schaffen."

Oskar, die französische Bulldogge, wedelt vergnügt mit dem Schwanz. Er macht sich keine Gedanken, Hauptsache, es geht raus.

„Der hat auch einen ausgeprägten Hang zur Gemütlichkeit", neckt Lukas und deutet auf Oskar, „deshalb ist es um seine Kondition nicht so gut bestellt. Also brauchst du dir um deine Ausdauer auch keine unnötigen Sorgen machen."

„Schon gut, ich komm ja schon. War nur nicht auf eine Exkursion mit Hund vorbereitet."

Amelie stellt den Brotteig auf die Fensterbank, um ihn ein zweites Mal gehen zu lassen. Sie schaut den dreien hinterher. Lukas, ihr Bruder, in Jeans und Wanderschuhen, passend für einen kleinen Ausflug, Frederik trägt weiße Baumwollhosen, ein türkis-blaues Poloshirt, über den Schultern seine sportlich schicke Leinenjacke und als I-Tüpfelchen cremefarbene Mokassins aus Nubuk-Leder. Kurz, er hat sich heute in Schale geworfen, als sei er einem Modejournal entsprungen oder zu einem Segeltörn unterwegs. Amelies schlechtes Gewissen meldet sich.

Wie kann ich ihn in dieser Aufmachung in den Wald schicken? Sie schüttelt den Kopf. Ein Lachen kann sie sich allerdings nicht verkneifen. Zwischen beiden Männern trottet gemächlich Oskar, dessen Hinterteil fast so breit ist wie das seiner Begleiter.

40 Minuten und vier Kilometer später.

„Ich glaube, Oskar braucht eine Pause, siehst du, wie der hechelt?"

„Was, jetzt schon? Ich möchte mal wissen, wer hier keine Kondition hat."

„Komm, lass dich nieder, die Bank ist wie geschaffen für eine kleine Rast und der Ausblick hier oben ist phantastisch, das musst du zugeben. Den Kletterern kannst du von hier aus auch zusehen. Da, trink einen Schluck."

„Alkohol am Nachmittag?"

„Amelie hat angeordnet, wir sollen was trinken."

„Ich glaube nicht, dass sie dabei an sowas gedacht hat, außerdem will ich den Abend noch erleben."

„Alter, du entwickelst dich zum Spießer. Es gibt auch was zu essen. Jetzt trink schon, Prost."

Frederik fühlt sich genötigt. Dieser Jungspund nennt ihn einen Spießer, das lässt sich ein gestandenes Mannsbild nicht zweimal sagen. In einem Zug ist die Flasche halbleer.

„Na bitte, geht doch." Lukas ist zufrieden, Oskar auch, für ihn fällt das mitgebrachte Wurstbrot ab.

„Faszinierend sieht es schon aus, wie die in den Felsen kraxeln." Frederik schaut begeistert hinüber, wie sich die Sportler von Klippe zu Klippe hangeln. „Aber mein Sport wäre es nicht."

Eine zweite Flasche Bier wird geöffnet.

„Und was ist mit mir?", scheint Oskar zu fragen.

„Ja, Dicker, du kriegst auch noch was. Sollst nicht leben wie ein Hund."

Ein laues Lüftchen, das Gefühl von Freiheit und Abenteuer, lässt das Duo mit Hund verweilen.

„Obwohl", sinniert Frederik, „reizen würde es mich doch irgendwie."

„Lass das nur nicht Amelie hören! Jedes Jahr passieren Unfälle im Berg, mehr oder weniger schwer Verletzte werden von Rettungskräften geborgen, sogar der Hubschrauber war schon im Einsatz."

„Jetzt mal nicht gleich den Teufel an die Wand, ist ja nur so ein Gedanke."

„Wir sollten uns langsam auf den Weg machen."

„Ok, du gehst mit dem Hund den Waldweg, ich nehme den Weg am Felsen entlang, wenn ich schon mal hier bin."

„Nicht dein Ernst, mit den Schuhen, mutig, aber tot!"

„Du fällst ja von einem Extrem ins andere. Die Schuhe sind ok. Wir treffen uns unten. Ein kleines Abenteuer ist wie das Salz in der Suppe."

„Pass nur auf, dass du sie nicht versalzt."

Lukas verfolgt noch eine Weile den Abstieg seines Begleiters. Den Ruf, auf den Weg zu achten, trägt der Wind davon. Oskar wird unruhig, die gespannte Leine zeigt, er will weiter. Beide schlendern den angenehmen Weg durch den Wald Richtung Tal. Frederiks Pfad am Felsen führt hinab über lose Steine, Erdklumpen, unebenes Gelände. In den Steilwänden hängen ein paar Sportkletterer, die hier auf ihre Kosten kommen. Der Klettergarten ist nach Süd-Westen ausgerichtet. Ab Mittag bewegt man sich in der Sonne. Immer wieder wandert Frederiks Blick in die schroffen Felswände. Er ist beeindruckt.

„Mit welcher Leichtigkeit die Kletterer die Wand erklimmen", murmelt er. „Warum eigentlich nicht einmal etwas machen, was sie dem Schreibtischtäter nicht zutrauen." Seine Augen fixieren jeden Handgriff. Gleich, denkt er, gleich hat er es geschafft, ein letzter Felsvorsprung, dann ist er oben.

Frederiks Blick klettert mit zum Gipfel hinauf, während seine Füße Richtung Tal unterwegs sind, unkontrolliert, mechanisch, einen Schritt nach dem anderen über Geröll und Kies. Füße, die in Schuhen stecken, deren Ledersohlen nur Parkett, Teppichböden oder einen Bürgersteig kennen, nicht aber die rutschige Wurzel, die dem Felsen entfloh, sich auf den schmalen Steg gerettet hat, um von unzähligen Wanderern getreten zu werden, und manchen zu Fall brachte. Diese Füße haben plötzlich den Kontakt zum Boden verloren. Später wird Frederik denken, dass die Ledersohlen keine gute Wahl waren. Jetzt, von Adrenalin durchflutet, versucht er irgendwo Halt zu finden. Die Gedanken an die Gipfelbesteigung sind jenen an den Abstieg gewichen. Mühselig richtet sich Frederik auf, zerrt sein Leinensakko aus dem Gestrüpp, versucht vergeblich die Sonnenbrille zu erreichen, die auf einem Felsvorsprung liegt. Grasflecken auf der Hose könnte man entfernen, aber der Riss über dem Gesäß macht das unnötig. Ein kleines schwarzes Kästchen hüpft lustig über den Klippen in die Tiefe, bis es aus Frederiks Sichtfeld verschwunden ist.

„Shit!!“ Dann versiegt seine Stimme.

Das letzte Stück des steilen Pfades beschreitet Frederik vorsichtig und achtsam.

„Wie siehst du denn aus?“ Lukas ist fassungslos. „Weißt du eigentlich, wie viel Glück du hast, ich hab' dir gleich gesagt, dass ...“

„Schon gut, ich will nicht darüber reden. Kannst du mir für heute Abend Klamotten leihen? So kann ich unmöglich bleiben.“

„Klar. Meine Hosen sind vielleicht etwas zu kurz für dich, aber das wird schon gehen. Was suchst du eigentlich die ganze Zeit?“

„Ach, meine Sonnenbrille ist mir bei dem Stunt aus der Tasche gerutscht. Sag bitte nichts zu Amelie, nicht heute, sie regt sich immer gleich auf.“

„Zu Recht! Du willst ihr also eine Geschichte erzählen?“

„Eine kleine Notlüge an ihrem Geburtstag ist wohl gestattet. Wir sagen, dass ich mit Oskar gespielt habe.“

„Ich glaub' es nicht! Wie bitte soll das passiert sein, Oskar ist 28 cm hoch, hat er dich niedergetreten?“

„Lass es gut sein, ich zieh mich gleich um, wenn wir zurück sind, vielleicht sieht sie mich nicht in diesem Zustand.“

Frederiks Stimmung ist am Nullpunkt. Das Kästchen ist weg, sein Plan, die Überraschung, was soll er jetzt machen? Ihm ist zum Heulen, außerdem kann er kaum gehen, sein Steißbein schmerzt, aber es ist besser, den Mund zu halten.

Als sie das Haus betreten, riecht es verlockend nach Zwiebelkuchen.

„Na, Oskar, da seid ihr ja wieder, haben die Jungs dich gut behandelt, war's schön? Wo ist denn Frederik?"

„Der will sich umziehen. Der Schnickschnack war ihm zu unbequem, sagt er."

„Aha, dachte, er hat sich für mich fein gemacht?!" Amelies Enttäuschung ist nicht zu überhören.

„Wann kommen die Gäste?"

„Um 19.00 Uhr."

„Dann geh' ich jetzt duschen, bis später."

Endlich gibt's was zu essen. Amelies Zwiebelkuchen ist gelungen. Selbst Lukas, der als Kind das kleinste Stückchen Zwiebel verweigert hat, greift kräftig zu.

„Zu Omas Zeiten wurde noch im Backhaus gebacken, in einem Holz-Backofen, anschließend gab's ein gemeinsames Dorffest."

„Jetzt kommt gleich wieder die Geschichte vom drei Tage alten Traubenmost. Schwesterchen, verderbe den Gästen nicht den Appetit."

„Ein wenig geschichtlicher Hintergrund tut auch dir gut, Bruder. Die älteste Bäckerei Deutschlands steht übrigens bei uns in der Oberpfalz, wusstet ihr das? Nämlich in Kemnath im Landkreis Tirschenreuth, seit 1573."

„Lass jetzt mal die alten Geschichten, wir wollen auf dein Wohl anstoßen."

Die Stimmung ist ausgelassen, nur Frederik, entgegen seiner sonst so redseligen Art, ist heute einsilbig.

„Was ist los, mein Freund, so schweigsam, vermisst du vielleicht das hier? Das fiel genau vor Oskars Nase, als du noch mit deinem Abstieg zu tun hattest."

Frederiks Gesichtszüge erhellen sich. Er greift nach dem kleinen schwarzen Kästchen, öffnet es – es ist leer! Die Enttäuschung kann er nicht leugnen. Alle Augen sind auf ihn gerichtet.

„Ich, ich wollte heute …"

„Suchst du vielleicht den hier?" Amelie lächelt.

„Woher hast du …?"

„Ich habe ihn im Brotteig gefunden, beim Ausrollen."

Frederik springt auf, nimmt Amelie den Ring ab und steckt ihn ihr an den Finger.

„Hey, ich hab' noch nicht Ja gesagt."

„Aber nur", lacht Frederik, „weil ich noch nicht gefragt habe."

Oberpfälzer Bröselschmarrn

Zutaten für 4 Portionen:

800 g mehlige Kartoffeln
100-150 g Mehl
Salz
Muskat
1 Eigelb
Butterschmalz zum Ausbacken

Zubereitung:

Die am Vortag gekochten Kartoffeln durch ein Gitter (speziell für gekochte Kartoffeln) reiben. Salz, Muskat und das Eigelb locker unterheben. Nicht verdichten!
Mehl portionsweise unterheben, am besten auf die Kartoffelmasse sieben. Vorgang so oft wiederholen, bis lockere, bemehlte Brösel entstehen.
Masse in reichlich Butterschmalz unter ständigem Wenden knusprig braten.
Passt am besten zu Sauerkraut und Kesselfleisch.

Rolf Stemmle

EINE ALTE SPEIS' – MIT ZAUBER?

Ach, könnte man sich doch verdoppeln! Michael ärgerte sich maßlos. Sein Großvater feierte seinen 80. Geburtstag und er war mit seinen Eltern zum Mittagessen in eine Gaststätte in Guteneck eingeladen. Auch dessen jüngere Schwester, Agathe aus Weiden, wollte kommen. Sie fuhr mit ihren 77 noch Auto!

Michael hockte stumm auf dem Rücksitz des Wagens seiner Eltern. Es waren nur ein paar Kilometer von Nabburg nach Guteneck, aber die Zeit reichte ihm, um sein Elend nochmals in seiner Grausamkeit zu erfühlen. In einer Stunde würde seine Clique nach Regensburg auf die Mai-Dult fahren, mit dabei: Sonja. Diese Frühlingsblume, die Tina neulich ins Kino mitgebracht hatte.

Tina arbeitete im Service eines noblen Hotels unweit der Burg Vilseck. Vor ein paar Wochen hatte Sonja dort als Köchin angefangen. Ihre erste feste Anstellung nach der Ausbildung. Glücklich hatte sie gewirkt, als er mit ihr beim Anstehen um die Kinokarten ins Gespräch gekommen war. Sie komme aus Thüringen, wohne in einem Appartement in Nabburg und habe außerhalb der Arbeit keine Bekannten. Deshalb sei sie Tina dankbar, dass sie ihr den Vorschlag gemacht hatte, heute mitzukommen.

Viel zu schnell wurden sie in den Vorführsaal gelassen und Sonja bekam einen äußeren Sitz, neben Tina. Und nach dem Kino wollte sie gleich nach Hause, weil sie am nächsten Morgen sehr früh aufstehen musste.

Das war alles gewesen. Ein paar fröhliche Worte, ein leuchtender Blick, ein paar Wimpernschläge, eine geschmeidige Handbewegung, mit der sie durch ihre honigblonden Haare gefahren war. Aber es hatte gereicht, um Michael auf eine rosa Wolke zu heben und den brennenden Wunsch auszulösen, ihre Einsamkeit umfassend zu beseitigen.

Doch wie sollte er das anstellen? An einem Tag wie diesem. Auf dem Weg zu Opas Geburtstagsessen – während die Begehrte mit der Clique zum Dultvergnügen fuhr.

Opa riss ihn aus seinen düsteren Gedanken, denn das rüstige Geburtstagskind verbreitete beste Laune und jede Menge Späße und Witze. Allesamt hintergründig und treffsicher. Seine Schwester Agathe war wieder ein Stück schrulliger und vergesslicher geworden, was Michael köstlich amüsierte.

Es störte ihn daher nicht, dass Opa nach dem Essen einen Wunsch äußerte: Er wollte mit der Festgesellschaft ins Freilandmuseum Neusath-Perschen bei Nabburg, um bei diesem herrlichen Wetter durch die Vergangenheit zu spazieren.

Die alten Gebäude, die aus der gesamten Oberpfalz hierher versetzt worden waren, zeigten die Welt seiner Kindheit. Die Bauernstuben, die Stallungen, die Scheunen, die Mühle.

Unwillkürlich begann Opa zu erklären und zu erzählen: von seinem Vater und seiner Mutter, die Michaels Eltern kaum gekannt hatten, vom wortgewaltigen Pfarrer, der glaubte, die Welt erschaffen zu haben, vom wortkargen Lehrer, der sich vor Druden und schwarzen Zwergen fürchtete; von einem prahlerischen Knecht, der wegen Spielschulden ins Gefängnis musste, und einer schüchternen Magd, die eines Tages mit ihrem ledigen Kind spurlos verschwand.

Angestrengt vom Umhergehen, schob sich der Großvater schließlich in einer Bauernstube auf die Bank des Küchentisches. Die anderen setzten sich auf die Ofenbank und Stühle. Michael fand Platz auf einem Hocker neben dem Herrgottswinkel.

„Agathe", fragte der Großvater seine Schwester, „erinnerst du dich noch an Mamas Bröselschmarrn? Ich riech ihn noch! Dazu hat es Sauerkraut gegeben und am Sonntag auch Fleisch."

Agathe nickte. Sie wusste noch alles, was mit ihrer Kindheit zu tun hatte.

„Den hat es oft gegeben! Hier in der Gegend wurden von fast jedem Bauern Kartoffeln angebaut. Die Oberpfalz war schon sehr früh ein Kartoffelland! Kennt ihr noch das alte Kochbuch von der Mama?"

„Ja", antwortete Michaels Mutter. „Das hat sie mir kurz vor ihrem Tod geschenkt. Das halte ich in Ehren!"

„Und sie hat immer behauptet", fuhr der Großvater fort, „dass sie den Vater mit Bröselschmarrn herumgekriegt hat. Da hat er sich in sie verliebt!"

Die anderen lachten ungläubig.

„Ein bisserl wird er schon vorher verliebt gewesen sein!", meinte Michaels Mutter.

„Beim guten Essen in guter Atmosphäre kann sich die Wechselwirkung zwischen den Hormonen Cortisol und Endorphin hochschaukeln", erklärte Michaels Vater. „Und das führt zur Euphorie, die Türen aufstößt."

„Nein! Die Mama hat gesagt, dass das nur vom Bröselschmarrn gekommen ist! Denn Liebe geht durch den Magen, hat sie gesagt, besonders, wenn er mit Bröselschmarrn gefüllt wird. Und wahrscheinlich helfen noch gute Zwerge mit!"

Wenn das so einfach wäre, seufzte Michael im Stillen.

Doch der Gedanke blieb in seinem Kopf haften. Denn: Voraussetzung für ein erfolgreiches Anbandeln ist auf jeden Fall eine günstige Gelegenheit, jenseits der Cliquen-Unternehmungen. Warum nicht mit einem Bröselschmarrn-Essen?

Er suchte und fand das alte, abgegriffene Kochbuch in Mutters Küchenregal. Ein solche Aktion ist ein hohes Risiko für einen laienhaften Koch, überlegte er. Seine Kenntnisse und Erfahrungen hielten sich in Grenzen. Aber eine thüringische Köchin, die es in die Oberpfalz verschlagen hat, könnte so was beeindrucken!

Um das Risiko zu mindern, wollte er die Einladung geschickt verpacken.

Michaels Eltern fuhren in den Pfingstferien zum Wandern in den Bayerischen Wald. Das bedeutete: sturmfreie Bude. Es konnte also losgehen.

Die Clique traf sich im Stammlokal. Michael fing Sonja bei den Toiletten ab. Sie war zum ersten Mal hier. „Du, Sonja, ich habe eine kleine Bitte an dich." So begann er mit seiner Lügengeschichte. „Ich möchte bei einem Rezept-Wettbewerb mitmachen und muss das Gericht vorher mal ausprobieren. Du bist doch Köchin. Darf ich dich zum Probeessen einladen? Vielleicht hast du ja noch ein paar Tipps für mich."

Sonja war so verblüfft, dass sie rot anlief. Aber Michaels Trick funktionierte. Sie sagte zu.

Michael hatte sich vorab hier und dort Ratschläge eingeholt, um noch besser gerüstet zu sein. Dann zischte und rauchte es in der Küche – und schließlich konnte er Sonja einen leckeren Bröselschmarrn mit Sauerkraut und gekochten Würsten servieren. Er schmeckte der hübschen Test-Esserin, und sie hatte nur unbedeutende Anregungen, wie er das Gericht perfektionieren konnte.

Trotzdem stellte sich der erwünschte Effekt nicht ein. Michael versuchte, die Stimmung mit Rotwein aus dem Depot des Vaters anzufachen, doch das Beisammensein blieb kumpelhaft. Sie sprachen über die Freunde in der Clique, über Heimat und Ferne, Eltern und Kollegen – aber nicht über Gemeinsames. Abgesehen von dem gemeinsam verspeisten Bröselschmarrn.

Michael sah ihr traurig nach, als sie nach Hause ging. Außer ihren Duft, der sich bei der kurzen Abschiedsumarmung um ihn gelegt hatte, schien sie nichts hinterlassen zu haben.

Es vergingen einige Tage, in denen Michael schwankte zwischen dem Willen, seine Liebe zu vertreiben, und dem Vorsatz, einen weiteren Versuch zu unternehmen. Doch er wusste einerseits nicht, mit welcher Ablenkung er seine Sehnsucht bekämpfen sollte, denn sein Leben bestand in dieser Zeit nur aus einem langweiligen Aushilfsjob in einer Drogerie. Und er hatte andererseits keine Idee, wie er eine zweite, noch bessere Gelegenheit inszenieren konnte.

Er sortierte gerade frische Müslipackungen in ein Regal. Plötzlich stand Sonja neben ihm.

„Hallo!", begann sie.

Michael traute seinen Augen nicht. Sofort erschuf sein Kopf ein Bild, auf dem sie ihn reumütig und leidenschaftlich umarmte und küsste. Aber das passierte natürlich nicht.

„Hallo, schön dich zu sehen", stammelte er.

„Du, ich habe eine Frage. Wenn du nichts dagegen hast, möchte ich bei dem Rezept-Wettbewerb ebenfalls mitmachen. Ich weiß ein tolles Gericht aus Thüringen."

Michael durchfuhr ein kalter Schauer. „Uff!" Sein Gehirn ratterte. Er musste Zeit für eine Notlüge gewinnen. „Die Adresse kann ich jetzt nicht auswendig sagen."

„Soll ich sie mir später bei dir abholen? Ich habe heute frei."

„Ja, das ist eine prima Idee. Ab sieben bin ich zu Hause."

„Okay, bis nachher."

Eilig sprang Michael nach Arbeitsschluss auf sein Rad. Er musste einen Wettbewerb erfinden! Auf dem Heimweg studierte er in einem Zeitungsladen das Angebot an Zeitschriften. Welche konnte einen solchen Wettbewerb ausgeschrieben haben? Er entschied sich für ein Heft namens Steffi, das er bislang nicht gekannt hatte, und notierte die Adresse der Redaktion. Ein Brief dorthin würde nicht zurückkommen und hoffentlich auch nie mit einer Klarstellung beantwortet werden. So überlegte er.

Um halb acht stand Sonja vor der Tür. Er bat sie herein. Vom Tatendrang und dem Selbstbewusstsein, das ihn vergangene Woche beflügelt hatte, war nichts mehr vorhanden.

„Und, hast du die Adresse gefunden?", fragte sie.

„Ja, schau. Die Zeitschrift Steffi hat den Wettbewerb ausgeschrieben. Ich habe mein Rezept schon hingeschickt." Er gab ihr den Zettel mit der Adresse.

„Oh, super, die Steffi macht den Wettbewerb!", rief sie begeistert. „Das ist ja toll!"

Michael lächelte zurückhaltend und ärgerte sich, dass er ausgerechnet dieses bedeutungslose Blättchen ausgewählt hatte.

Sonja zog ihr Smartphone und tippte darauf herum. „Komisch, auf der Website steht gar nichts." Sie sah Michael fragend an.

Scheiß neue Technik, dachte er. Früher war das Lügen einfacher! Er fand sich in die Ecke gedrängt. Wie sollte er unbeschadet herauskommen?

„Vielleicht hab ich mich auch getäuscht", sagte er leise.

„Das wäre ja schade. Dann hättest du ja das Bröselschmarrn-Rezept umsonst ausprobiert!"

„In Wirklichkeit ist alles natürlich ganz anders", begann Michael nach kurzem Zögern. „Es gibt keinen Rezept-Wettbewerb. Da habe ich gelogen. Aber die Wahrheit hab ich nicht sagen dürfen. Letzte Woche. Inzwischen schon."

„Ich versteh nur Bahnhof!" Sein Versuch, die Sache gerade zu biegen, amüsierte sie.

Michael lief in die Küche und holte das Kochbuch der Urgroßmutter. Er schlug es auf. „Schau, es ist wieder da!" Er deutete auf das Bröselschmarrn-Rezept.

„Warum soll es denn nicht da sein?"

Michael ging nah an Sonja heran und flüsterte: „Weil es böse Zwerge gestohlen hatten. Und warum? Weil es ein Wunderrezept ist. Das hat vor vielen, vielen Jahren meinen Ur-Opa in meine Ur-Oma verliebt gemacht. Und sowas können böse Zwerge natürlich nicht dulden. Also haben sie das Rezept aus dem Buch herausgeklaut. Als mir neulich mein Opa diese Geschichte von meinen Ur-Großeltern erzählt hat, wollte ich es lesen – nicht ausprobieren, nur lesen! Und da habe ich gesehen, dass es fehlt. Ich habe meinen Opa angerufen, und der hat gesagt, man muss den Bröselschmarrn für das hübscheste Burgfräulein auf der Welt zubereiten. Das zwingt die Zwerge, es zurückzubringen, weil das Gute dann erneut die Oberhand gewonnen hat. Aber diesen Hintergrund darf man natürlich dem Burgfräulein nicht verraten!"

Sonja lachte. „Und dann hast du ausgerechnet mich eingeladen!"

„Ja!", sagte Michael vorsichtig. „Du arbeitest ja schließlich im Burg-Gasthaus. Und hübsch bist du auch! – Mein Großvater hat mir eine Abschrift des Rezeptes besorgt. Er hat eine alte Freundin angerufen, die das gleiche Kochbuch besitzt. Aus dem war es noch nicht herausgeklaut."

„Jaja, ich habe von dem bösen Treiben der Oberpfälzer Zwerge gehört", erwiderte Sonja verschwörerisch. „Und weißt du, was ich noch gehört habe?"

„Nein", antwortete Michael verwundert.

„Man muss den Bröselschmarrn nochmal zu zweit zubereiten – damit das Rezept wieder fest auf der Seite verankert ist."

„Zu zweit?"

„Ja, und zwar mit dem Burgfräulein, mit dem man die Wirkung aufgefrischt hat!"

„Die Wirkung aufgefrischt?"

„Na, das Verliebtmachen!"

„Oh!" Diese Worte waren eindeutig.

Wie hatte diese Wendung geschehen können? Lag es am Bröselschmarrn? An den Endorphinen? Oder am Zauber?

Zum Rätseln hatte Michael keine Zeit, denn sie küssten sich inzwischen.

Semmelknödel

Zutaten für 4 Portionen:

4 alte Semmeln
¼ l Milch
½ Bund Petersilie
1 Ei
½ Zwiebel
Salz, Pfeffer, Muskat
Mehl

Zubereitung:

Die Semmeln in kleine Bröckchen teilen. Die Milch erwärmen (nicht kochen!) und darübergießen. Ca. 20 Minuten ziehen lassen.
Das Ei verquirlen und die Petersilie klein hacken, beides unter die Semmelmasse heben. Die Zwiebel sehr klein schneiden, leicht anrösten und hinzugeben. Die Masse mit Salz, Pfeffer und Muskat würzen, alles gut vermengen und durchkneten.
Salzwasser in einem großen Topf zum Kochen bringen. Etwas Mehl auf die Hände geben und die Semmelmasse zu Kugeln formen.
Wenn das Wasser gekocht hat, Temperatur herunterschalten. Die Knödel 15-20 Minuten sieden oder nur leicht kochen lassen.
Auf den Boden einer Schüssel einen umgedrehten kleinen Teller legen. Die fertigen Knödel mit einer Schaumkelle aus dem Wasser nehmen und in der Schüssel servieren.

Thyra Thorn

DER KNÖDELWURF

„Schweinebraten, was sonst?“
„Vielleicht will sie heute was anderes?“
„Zu alt, zu eingefahren, da gibt’s nichts Neues.“

Die Geschwister betrachten die alte Frau, deren weißes Gesicht unter dem Sonnenschirm einen fahlen Blauton angenommen hat. Die Augen halb geschlossen, die Lippen zu schmalen Strichen getrocknet, enthüllt sie gelbgraue Zähne, um ein paar Worte zu hauchen. Gerd beugt sich vor, lauscht und triumphiert: „Mit Sauerkraut.“

„Ich kann es dann nachher wieder ausbaden.“

„Was soll das heißen?“

„Bis so ein schweres Essen verdaut ist …“

Sie sitzen in einem Biergarten, der sonntags gern für Familienfeiern genutzt wird. Es war schwer gewesen, noch einen Tisch zu bekommen, und selbstverständlich hatte man Gisela auch in diesem Jahr die Organisation des mütterlichen Ehrentages überlassen. „Wie immer“, hatte sie gemurmelt, und jede Hilfe abgelehnt, die man ihr halbherzig angeboten hatte.

Diesmal jedoch ist sie mit dem zugewiesenen Platz nicht zufrieden. Die Großmutter sitzt an der Stirnseite des langen Tisches, wie es sich für das Familienoberhaupt gehört, doch damit leider so nahe am Zaun, dass sich die Gäste der Festtafel neben ihnen an ihr vorbeiquetschen müssen. Ein voluminöser Bierbauch baut sich gerade drohend über ihren ondulierten Haaren auf und bringt beim Weiterrutschen ein paar Löckchen aus der Lage.

„Passen S' halt auf."

„Wenn's so eng ist, wie soll ich da vorbeikommen? Können S' nicht ein wenig vorrücken?"

Die alte Dame fährt sich ängstlich über das Haar.

„Mutti, ist nicht schlimm, du siehst gut aus", beruhigt Gisela sie, und zu ihrem Bruder: „Sag du doch auch mal was."

Gerd fischt eine kleine Fliege aus seinem Glas, betrachtet das nasse Insekt und platziert es vorsichtig auf dem rot karierten Tischtuch. Dann deckt er sein Glas mit einem Bierdeckel ab.

Die Alte schließt die Augen, ihre Gesichtszüge entspannen sich und ihr Kopf sackt unvermittelt zur Seite.

„Gleich rutscht sie vom Stuhl." Gerds Sohn Gustl springt erschrocken auf.

„Nein, das ist immer so. Wenn ihr öfters da wärt, wüsstest du es", erwidert Giselas Tochter Gudrun. „Lass sie schlafen!"

„Aber sie soll doch gleich was essen."

„Wenn du sie nicht zum Singen gezwungen hättest, wäre sie jetzt nicht so müde."

„Nicht mehr lang und die fällt runter." Gustl nimmt seinen Stuhl und schiebt ihn dicht neben die Oma, um sie im Notfall auffangen zu können. Etwas Speichel quillt zwischen ihren halb geöffneten Lippen hervor und bahnt sich entlang einer der Falten, die wie Straßen in einer dicht bebauten Stadt die Gesichtshaut in schmale Segmente teilen, seinen Weg.

„Das mit der Musik war eine saublöde Idee", giftet Gudrun.

Den Vormittag hatte die Familie am Donauufer verbracht. Die Patriarchin wurde auf eine hölzerne Bank gesetzt und Gisela postierte sich zu ihrer Linken. Auf der anderen Seite bot der Geschenkkorb Halt und Stütze und auf dem Boden um sie herum wurden Wolldecken ausgebreitet.

Gustl packte seine Gitarre aus, ließ sich, Gudruns angeekeltem Gesichtsausdruck trotzend, direkt zu Füßen der Großmutter nieder und stimmte „Hoch auf dem gelben Wagen" an. Da jedoch keiner den Text kannte und auch niemand mitsummen wollte, brach er ab und versuchte sich an anderen Liedern. Es schien, als ob sich gleich der erste Programmpunkt des Familienfestes als Flop erweisen würde, doch dann flüsterte die alte Frau überraschend die erste Strophe von „Oh du schöner Westerwald" mit. Bei „Wir lagen vor Madagaskar" gewann ihre Stimme an Kraft. Es klang zwar, als zöge man einen alten Metalleimer über den Boden, aber sie konnte ohne Mühe den Takt halten und den richtigen Ton treffen.

„Sie war im Chor", sagte Gisela, als ob es nicht alle wüssten. Es war ein Teil der Familiensaga, dass jede Generation ihre jeweiligen Talente auf das Erbe der Altvorderen zurückführte.

Plötzlich richtete sich die Alte auf, ließ den Blick über ihre Nachkommen streifen, straffte den krummen Rücken, saß kerzengerade und stimmte ein neues Lied an:

„Es zittern die morschen Knochen."

Gudrun kicherte: „Oma, so schlimm ist es nun auch wieder nicht."

Gustl versuchte mit ein paar Begleitakkorden die einsame Stimme zu stützen.

„Wir werden weiter marschieren,
wenn alles in Scherben fällt,
und heute gehört uns Deutschland
und morgen die ganze Welt."

Die Melodie legte sich über die glatte Wasserfläche des träge fließenden Flusses und verfing sich im Schilf am Ufer. Ein leises Platschen zeugte von einem Fisch, der nach einer Fliege schnappte. In Erwartung altbackener Semmelstückchen kamen zwei Stockenten angepaddelt.

„Das ist ja fast so schlimm wie das ‚Horst-Wessel-Lied'!" Gisela sprang auf und schlug Gustl auf die Gitarrensaiten. „Wenn das einer hört."

Die Großmutter kam noch bis: „Und mögen die Spießer auch schelten, so lasst sie nur toben und schrei'n", dann beendete abrupt ein vielstimmig geschmettertes „Muß i denn, muß i denn zum Städtele hinaus" ihr Solo.

„Jetzt reicht's!"

Gisela hakte Punkt eins der Festgestaltung ab und stand auf.

„Und dafür habe ich jetzt die Gitarre mitgeschleppt", murrte Gustl.

„Deinem Sohn mangelt es entschieden an politischer Bildung", zischte Gisela ihrem Bruder zu.

Der zuckte nur mit den Schultern: „Mei, die jungen Leut."

„Wenn ich das Instrument nicht auch noch hätte mitbringen müssen, hätte ich nicht das Auto gemietet."

„Heul doch – mimimi." Gudrun verzog den Mund und tat so, als riebe sie sich die verweinten Augen.

Man starrte sich an.

Gerd und Gustl versuchten, die Alte von der Bank zu hieven. Sie sagte nichts, machte sich aber extra schwer. Sohn und Enkel hatten ihre liebe Mühe.

Endlich zog die Familie in den Biergarten ein, die Großmutter wurde zu ihrem Platz geleitet. Auf der rechten Seite platzierten sich die Frauen, auf der linken die Männer.

„Ein Steak", ordert Gisela, „heute lass ich es mir gut gehen."

„Für meine Mutter den Schweinebraten mit Knödel und Sauerkraut und ich nehm das Omelette natur." Gerd spricht es „natür" aus.

Gustl bestellt einen Salat.

Gudrun ignoriert geflissentlich die Aura ostentativer Sparsamkeit, die die männliche Seite der Familie unversehens umgibt. „Für mich auch das Steak."

Die Großmutter hebt den Kopf und raunt ihrem Enkel etwas zu. „Für die Oma ein Bier", sagt Gustl.

„Die Oma will lieber ein Wasser!" Gisela bestellt für alle zwei große Flaschen.

Die Alte schließt die Augen.

„Wie rechnen wir das eigentlich nachher ab?", raunt Gerd über den Tisch seiner Schwester zu.

„Was meinst du?"

„Naja, ich habe nicht so viel Bargeld dabei."

„Dann nimm deine Karte. Es war abgemacht, dass du heute zahlst."

„Pscht, nicht so laut."

„Die Oma schläft eh schon wieder."

„Legt doch mal auf den Tisch, was ihr so an Geld dabeihabt."

„Was?" Gisela und ihre Tochter starren Gerd entgeistert an.

„Mein Sohn muss nichts zahlen, erst die lange Anfahrt und dann auch noch die Miete für sein Auto..."

Gustl setzt eine trotzige Miene auf: „Und gesungen hab ich auch."

„Du willst also, dass Gudrun und ich uns an der Rechnung beteiligen? Du bist doch wohl immer noch der mieseste Knicksack, den ich je gesehen habe."

Man starrt sich an.

„Verzeihung, darf ich mal durch?"

Der Mann vom Nebentisch versucht, seinen fülligen Leib an der dösenden Großmutter vorbei zu schieben: „Ich würd gern an meinen Tisch zurück."

Die untersten zwei Knöpfe an seinem Hemd stehen offen. Unmittelbar neben dem linken Ohr der alten Frau streben zwischen blau kariertem Stoff schwarze feuchte Haare ins Freie.

Die Patriarchin erfasst die Situation aus den Augenwinkeln. Ihr rechter Arm schnellt hoch und ihre Hand greift um ihren Kopf herum nach hinten, die Finger graben sich zielsicher ins dunkle Gewuschel und ziehen kräftig an den drahtigen Kringeln.

„Au, was ist…?“

Sie reißt mit einem kräftigen Ruck ein Büschel aus und hält es triumphierend in die Höhe.

Der Mann sackt ihn sich zusammen, stöhnt und bedeckt mit der Hand seine Blöße. Einen kurzen Moment scheint es, als wolle er mit der anderen nach dem Handgelenk der Alten greifen. Doch er beherrscht sich, murmelt etwas Unverständliches und verzieht sich an seinen Tisch.

Vergessen ist die familiäre Diskussion um das leidige Geld – verdrängt von Freude und Heiterkeit. Scherzworte und anzügliche Anspielungen werden laut. Aus den Augenwinkeln beobachtet man den Kontrahenten.

Am Nebentisch schlägt der Unmut hingegen dunkle Wellen. Es wird geschimpft, böse Blicke werden herübergeworfen, lauthals wird nach der Kellnerin gerufen, die jedoch den heftig geflüsterten Anschuldigungen nicht den nötigen Ernst entgegenzubringen scheint, sonst würde sie ihnen beim Servieren nicht so lustig zuzwinkern.

Die Steaks sind schön blutig, geröstete Speckscheiben fassen die Bohnen zu kleinen Bündeln zusammen. Der Schweinebraten hat eine krosse Schwarte, auf der Soße treiben Fettaugen von beachtlichem Ausmaß und das Sauerkraut weist genau d e n Säuregehalt auf, den jahrhundertelang bayerische Köche in unzähligen Probedurchgängen als den einzig möglichen ermittelt haben. Zwei Knödel von stattlichem Durchmesser fügen sich freundlich in das traditionelle Ensemble ein. Der weibliche Teil der Familie kaut zufrieden.

Gerds Omelette hingegen ist erkaltet und der Rucola auf Gustls Teller von dunkelgrün schmieriger Konsistenz.

„Ist halt ein traditionelles Wirtshaus, die haben es nicht so mit dem Salat“, sagt Gudrun.

„Dass die überhaupt Omelette anbieten und dann auch noch ‚natür‘.“

„Da habt ihr wohl am falschen Ende gespart."
„Soll ich euch was abgeben?", weist Gisela auf den übrig gebliebenen Fettrand ihres Steaks.
Gerd blickt verdrossen, die Heiterkeit ist verflogen.
„Jetzt schmollt er schon wieder, das ist eben seine N a t ü r."
Man starrt sich an.

Über dem Nebentisch zieht sich ebenfalls dunkles Gewölk zusammen. Der Verlust der Haare ist noch nicht verwunden. „So eine bösartige alte Vettel", tönt es herüber. Von Körperverletzung ist die Rede, von Beleidigung und abgeschnittener Ehre. Der Ton ist rau.

Da rundet ein feines Lächeln die Lippen der Patriarchin. Einen Knödel hat sie noch. Beherzt ergreift sie mit der linken Hand den gummiartigen grün gesprenkelten Ball. Ein wenig Soße tropft auf das Tischtuch. Wie ein Anker, der in stürmischer See das Schiff ruhig hält, findet ihre rechte Hand Halt an der Sitzfläche ihres Stuhles. So kann sie ihren Rumpf nach rechts drehen. Kurz visiert sie den Dicken an, zielt, holt aus und wirft. Das Geschoss trifft ihn an der rot geäderten Nase, prallt ab, landet in der Suppe und kickt dabei den Leberknödel hinaus, der über den Tisch rollt, kurz an der Kante verweilt und hinunterfällt. Dunkelbraune Flecken verunstalten das blau karierte Hemd und fettglänzende Flüssigkeit bahnt sich entlang der Nasolabialfalte ihren Weg.

Andächtiges Schweigen belohnt das unglaubliche Geschehen. Das ist ein Wurf, der in die Annalen des Wirtshauses eingehen wird.
„Weißt du noch?", wird man dereinst sagen, „im Sommer zweitausendeinundzwanzig? Ich war dabei, ich hab's gesehen."

Gudrun und Gustl reißen im Gleichklang der Bewegung ihre Handys hoch, um den denkwürdigen Moment im Bild festzuhalten.

Gisela hingegen erstarrt in töchterlicher Scham und schlägt in qualvoller Bedrängnis die Augen zu Boden.

Wie soll sie das ertragen? Alle starren sie an!

Plötzlich bricht ein gurgelndes, geradezu pompöses Lachen aus Gerds Mund, bahnt sich gleich einem Sturzbach mit unerwarteter Kraft seinen Weg und reißt völlig überraschend, für niemanden auch nur annähernd vorhersehbar, das Geröll seiner letzten verkrampft vorsichtigen, sparsam kargen Jahrzehnte mit sich. Der große, tapfere Bruder, den Gisela einst so geliebt hat, ist wieder da!

„Was willst'n, du Depp", grölt er kampfeslustig hinüber, „unsere Mutti wird heut hundert Jahre alt."

Krebssuppe einfach

So, wie die Mutter dieses Mannes die Krebssuppe auf klassische Art zubereitet hat, ist es für uns etwas schwierig. Der Autor hat keinen Fischhändler gefunden, der europäischen Edelkrebs/Flusskrebs anbietet, nur erfahren, dass der Bestand in den Bächen wieder zunimmt. Es dürfte schwierig sein, in Bächen oder Flüssen selber welche zu fangen. Dafür brauchen wir eine Genehmigung. Kinder, die im Bach spielen und Steine umwerfen und Krebse fangen, vielleicht nicht.

Rezeptvorschlag für drei Personen:

Suppengrün, klein geschnitten, eine kleine Zwiebel, klein geschnitten, zwei bis drei Knoblauchzehen, klein gehackt, sowie einige klein geschnittene Champignons mit einem Esslöffel Tomatenmark in Butter anschmoren. Mit 4 cl Cognac ablöschen. 0,3 l Weißwein zugießen. Ein paar Fäden Safran, vorher in wenig Wasser eingeweicht, dazugeben. Aufkochen lassen. 500 ml Fischfond aufgießen. 20 Minuten köcheln lassen. 4 Lauchzwiebeln, in Ringe geschnitten, zugeben. Eineinhalb Würfel Krebspaste hineinrühren. Dann einen halben Bund Dill, klein geschnitten (die Stiele mit verwenden) und einen Becher Sahne (200 ml) hinzufügen. Mit Chilisalz, Salz und Pfeffer aus der Mühle würzen, je nach Geschmack kann auch etwas Hühnerbrühe dazugegeben werden. Das ausgelöste Krebsfleisch, 200-Gramm-Packung aus dem Supermarkt, „Louisianakrebse“, gezüchtet in Spanien oder China (die Krebse, die versuchen, den europäischen Flusskrebs auszurotten) dazugeben, aufkochen lassen. Mit Chilisalz nachwürzen. Wenn die Suppe zu dick ist, mit einem Schuss Cognac und/oder Weißwein verdünnen. Nur noch kurz aufkochen lassen. Evtl. ein paar Spritzer asiatische Fischsauce in die Suppe. Fertig.

Dazu geröstetes Knoblauchbaguette.

Horst Vocks

HÖLLBACH

Der Mann fuhr sein Wohnmobil auf den Parkplatz unterhalb des Postfeldener Stausees. Er stellte den Motor ab. Er hatte Schmerzen. Sein Arzt hatte ihm versprochen: Wenn die Schmerzen kommen, helfe ich dir. Der Arzt war vor ihm gestorben. Der Mann hatte sich Cannabiskekse gebacken. Kekse, weil er sich keinen Joint drehen wollte. Er rauchte nicht. Er hatte nie geraucht. Er aß einen Keks, wartete. Er ließ den Wagenschlüssel stecken, als er ausstieg. Der Mann war fast siebzig, hager. Er blickte sein Wohnmobil an. Spezialanfertigung. Höher gelegt. Vierradantrieb. Es setzte Rost an. Mach's gut, mein Freund, sagte er.

Der Mann stieg zum Deich des Stausees hoch. Er zog ein Bein leicht nach. Er atmete schwer. Auf dem Deich blickte er über die Wasserfläche. Als Kind war es für ihn ein großer See gewesen. Aber jetzt stellte er fest: Das ist nur ein Weiher mit einem Stauwehr, in dem sich der Höllbach staut. Er ging das Ufer entlang. Das war inzwischen stärker bewachsen. Er fand die Stelle, an der er als Kind häufig gesessen hatte. Das war sein Zufluchtsort gewesen. Hier hatte er sich die Tränen abgewischt, wenn er aus der Schule kam. Seine Mitschüler hatten ihn immer schikaniert, gedemütigt. Gemobbt, würde man heute sagen. Die Lehrer waren auch nicht besser. Inzwischen wusste er: Das waren Versager, in die Provinz versetzte pädagogische Nullen. Eine missglückte Operation nach dem Sturz von einem Apfelbaum, von dem er Äpfel klauen wollte, hatte ihm ein Hinkebein beschert. Er hatte an keinem Sportunterricht mehr teilnehmen, nicht mit den anderen Kindern Fußball spielen, nicht rennen, nicht laufen können. An dieser Stelle am Stausee hatte er häufig gesessen, weil er ins Wasser gehen und sich ertränken wollte. Seine Eltern hatten sein Unglück gespürt. Sie waren fremd hier, zugezogen, würden immer fremd bleiben. Als sie gute Jobs in Regensburg fanden, schickten sie ihn auf ein Internat. Die Lehrer dort hielten ihn für begabt. Er machte Abitur, studierte, ging zur Entwicklungshilfe ins Ausland. Da war er zum ersten Mal in seinem Leben glücklich. Er konnte Menschen helfen. Er bohrte Brunnen. Er legte Wasserleitungen. Er brachte Glück.

Jetzt war er nach vielen Jahren zurückgekommen. An das Wasser, in dem er sich als Kind ertränken wollte.

Wind kam auf. Wellen auf dem Wasser. In den Wellen spiegelten sich die glücklichen Gesichter aus Nepal, aus Ländern in Afrika. Die Menschen dort machten Freudentänze, wenn das Wasser kam. Sie wollten mit ihm tanzen. Aber er konnte nicht, hatte das Hinkebein.

Der Wind ließ nach. Die glücklichen Gesichter auf den Wellen verschwanden. Er starrte vor sich hin ins Wasser. Auf dem Grund lag ein Stein. Darunter bewegte sich etwas. Er zog seine Schuhe aus, krempelte die Hosenbeine hoch, stieg ins Wasser, hob den Stein auf und sah einen Flusskrebs, der rückwärts fliehen wollte. Er packte ihn hinter den Scheren. Es war ein stattliches Exemplar. Ein europäischer Edelkrebs. Noch nicht ausgerottet von den amerikanischen Flusskrebsen, die die Krebspest eingeschleppt hatten. Einer, der überlebt hatte. Der Mann hatte als Kind Flusskrebse im Höllbach gefangen und sie im Stausee ausgesetzt. Er wollte, dass sie sich hier vermehrten, konnte sich vorstellen, eine Krebszucht aufzumachen, so wie andere Leute Karpfen und Forellen züchteten. Seine Mutter kochte die beste Krebssuppe der Welt. Sie warf die lebenden Krebse für ein paar Minuten in kochendes Wasser, ließ sie abkühlen, löste das Fleisch aus den Scheren und den Schwänzen, zerstieß das Krebsgehäuse in einem Mörser, warf es zusammen mit Wurzelgemüse in eine Pfanne, röstete es, nahm den Fischfond aus dem Kühlschrank dazu, manchmal gab sie auch Weißwein und Cognac und Sahne hinein, je nachdem, was die ärmlichen Verhältnisse hergaben. Aber irgendwann einmal wollte seine Mutter keine lebenden Flusskrebse mehr ins kochende Wasser werfen.

Der Mann riss sein Hemd auf, setzte sich den Krebs auf die Brust. Krebs, sagte er, du bist ein Kannibale. Du frisst deine eigenen Kinder. Hier in meiner Brust ist ein Krebs. Und der hat schon viele kleine Kinder.

Der Krebs fand nichts, was er mit seinen Scheren vernichten konnte, sie suchten in der Luft herum. Der Mann drückte die Haut auf seiner Brust zu Falten zusammen. Der Krebs nahm sie mit seiner Schere an. Der Mann ging weiter ins Wasser hinein.

Ein Angler am anderen Ufer beobachtete, wie der Mann ins Wasser stieg. Einen ausgewachsenen Krebs auf der Brust, zwanzig bis fünfundzwanzig Zentimeter groß. Bestimmt zwanzig Jahre alt. Der Angler kannte sich mit Krebsen aus. Er sah zu, wie der Mann ins tiefere Wasser auf das Stauwehr zuging. Dieser Mann will Wasser atmen, dachte er. Der will sich ersäufen. Er wollte aufstehen und rufen: Tu es nicht. Dann dachte er an sich selbst. Wie er vor ein paar Jahren von einer Brücke gesprungen war und noch nicht tot war, als er unten ankam. Spaziergänger hatten ihn aus dem Wasser gezogen. Er verfluchte seine Lebensretter. Gestern waren seine Frau und seine Kinder ausgezogen. Sie hielten seine Depressionen nicht mehr aus.

Er sah, wie der Mann, immer noch mit dem Krebs auf der Brust, kurz vor dem Wehr die Tiefe erreichte, die er zum Ertrinken brauchte, und unterging.

Der Angler war müde. Warum er so feige war, fragte er sich. Warum er es diesem Mann nicht nachmachen konnte.

Ein anderer Mann, der am Ende des Ufers gesessen hatte, kam auf dem Rückweg zum Parkplatz an dem Angler vorbei, der depressiv auf seinem Hocker saß. Sie waren Nachbarn. Heute beißen sie nicht, sagte der Nachbar. Er wusste um das Unglück dieses Menschen. Willst du zu uns zum Essen kommen? Meine Frau würde sich freuen. Sie würde sich nicht freuen, wusste er.

Der Angler schüttelte den Kopf. Ich bleibe hier sitzen, bis irgendwas beißt.

Er saß noch lange. Dann ging er zum Parkplatz zu seinem Motorroller, verstaute sein Angelgerät. Ein einsames Wohnmobil stand noch da. Er ging hin. Die Wagentür war unverschlossen. Er öffnete sie. Stieg auf den Fahrersitz. Sah, dass der Zündschlüssel steckte. Er beugte sich hinüber zum Handschuhfach, zog es auf. Da lagen die Wagenpapiere und ein Reisepass.

Der Mann, der sich ertränkt hatte, hatte einen Namen.

Der Angler blätterte durch den Pass. Er war voll mit Stempeln aus asiatischen und afrikanischen Ländern, auch von Ländern, von denen er noch nie gehört hatte. Und Länder, in die er immer mal reisen wollte. Aber er hatte sich das nie getraut. Er legte seinen Kopf auf das Lenkrad, überlegte. Was sollte er in seiner Wohnung, aus der seine Familie ausgezogen war. Aus dem ersten Stock konnte er nicht springen. Er hob den Kopf wieder hoch, startete den Motor, kontrollierte die Tankfüllung, der Tank war fast voll. Der Angler fuhr los. Er wollte dahin fahren, wo er noch nie gewesen war.

Böfflamott

Das Wort Böfflamott hat sich über die Zeit aus dem französischen Boeuf à la mode abgeschliffen. Es ist ein Schmorgericht aus Rindfleisch, das in Rotwein gebeizt wurde.

Zutaten:

1 kg Ochsenfleisch (aus der Schulter)
1 Bund Suppengrün
1 Zwiebel
⅛ l Rotweinessig
2 Nelken
1 Lorbeerblatt
4 Pfefferkörner
4 Wacholderbeeren
2 EL Sonnenblumenöl
¼ l Fleischfond
1 Schuss Rotwein
1 Prise Zucker
Salz

Zubereitung:

Das Suppengrün putzen und grob zerkleinern.
Die Zwiebel schälen und in große Würfel schneiden.
Das Gemüse mit dem Essig, mit 500 ml Wasser und den Gewürzen in einen Topf geben und kurz aufkochen lassen.
Den Rotwein hinzufügen und die Marinade abkühlen lassen.
Die Beize in ein gut schließendes Ton- oder Porzellangefäß gießen, das Fleisch hineinlegen, sodass es vollständig von der Flüssigkeit bedeckt ist, und den Deckel schließen. Das Tongefäß für vier Tage in den Kühlschrank stellen.
(Die Marinade dringt pro Tag circa einen Zentimeter tief ins Fleisch ein. Die Beizzeit richtet sich also nach der Größe des Fleischstücks.)
Nach vier Tagen das Fleisch aus der Beize nehmen, abwaschen, trocken tupfen und salzen.
Das Gemüse ebenfalls aus der Marinade fischen, von Gewürzen befreien und auf einen separaten Teller legen.
Anschließend die Marinade durch ein Sieb gießen und die Flüssigkeit auffangen.
Die Gewürze, die im Sieb hängen bleiben, werden nicht mehr benötigt.
Das Öl in einen Bräter geben und das Fleisch bei starker Hitze rundum schön braun anbraten.
Das gebeizte Gemüse nun neben das Fleisch drapieren, es mit der kalten Fleischbrühe und der durchgeseihten Beize ablöschen.
Die Hitze reduzieren und das Böfflamott bei geringer Hitze zwei Stunden schmoren. Anschließend das Fleisch aus dem Bräter nehmen und in einem separaten Topf zugedeckt zur Seite stellen, damit es warm bleibt.
Die Bratenflüssigkeit durch ein Sieb in einen großen Topf gießen und bei großer Hitze einkochen. Eventuell muss mit etwas Salz nachgewürzt werden und ein Schuss Rotwein kann ebenfalls nicht schaden.

Zum Böfflamott kann man Kartoffelknödel, Semmelknödel und Blaukraut reichen.

Böfflamott ist ein Gericht, das sehr zeitaufwendig ist. Aber es lohnt sich!

Ingrid Werner

HEIMAT

– ODER WARUM ES FÜR NIEDERBAYERN WIRKLICH SCHWER IST, ES BIS NACH MÜNCHEN ZU SCHAFFEN

„Wie fühlt man sich, wenn ein lang gehegter Wunsch endlich in Erfüllung geht?“ Das hätte sie fragen können, die Babsn.

In echt hörte es sich so an: „Mensch, Franzi, Hammer!“

Dabei umarmte sie mich stürmisch. Und wenn ich stürmisch sage, dann meine ich es auch so. Barbara, genannt Babsn, war einen halben Kopf größer als ich und kam aus einem Bauernhof, das heißt, sie konnte zulangen. Gerade quetschte sie mir die Luft aus den Lungen.

„Du bringst mich noch um“, keuchte ich.

Lachend ließ sie mich los. „Superklasse! Du hast einen Job!“

Ich grinste. Ja, endlich hatte ich eine Stelle als Sekretärin gefunden. Lang genug hatte ich Bewerbungen geschrieben und Absagen kassiert. Nach dem 53. Versuch – das muss man sich auf der Zunge zergehen lassen: dreiundfünfzig! – hatte es geklappt. Eine Rechtsanwaltskanzlei hatte mich genommen.

Allerdings gab es ein Problem. Die Stelle war in München. Einhundertfünfzig Kilometer von Niederbayern entfernt. Diesen Teil meiner Neuigkeit hatte ich der Babsn noch nicht verraten.

Als ob sie es gerochen hätte, fragte sie mich: „Wo ist die Kanzlei? In Pocking oder in Rotthalmünster?“

„Nein.“ Ich machte mich auf einen neuen Ausbruch von ihr gefasst. Aber diesmal würde es kein freudiger sein.

„Gar in Passau?“ Babsn setzte sich auf die Lehne meines Sofas.

Ich schüttelte den Kopf.

„Wo dann? In Pfarrkirchen?“

Mir war ungut. Wir waren noch nie länger getrennt gewesen. Ich kannte die Babsn aus der Realschule. Seit der siebten Klasse waren wir ABFs, also allerbeste Freundinnen. Wir waren uns einig, dass wir uns eine Arbeit und einen Mann hier in der Gegend suchen würden. Und wenn wir dann heirateten, würden wir uns Häuser nebeneinander bauen und die Kinder, ein Bub und ein Mädchen, zusammen im Kinderwagen durch die Gegend schieben.

Babsn schaute mich forschend an. Es hatte sich eine Falte zwischen ihren Augenbrauen gebildet. Sie ahnte schon, dass etwas nicht stimmte.

„Spuck's aus! Was hast angestellt?“

Ich richtete mich auf und holte Luft. „Also, es ist so, Babsn, dass die Kanzlei in der Corneliusstraße ist und die ist“, ich schluckte, „in München.“ Vorsichtshalber zog ich meinen Kopf ein.

Aber es kam nichts. Meine beste Freundin blieb ganz ruhig. Zu ruhig.

„Babsn?“

Da kroch eine Träne aus ihrem Augenwinkel. Oh mein Gott! Die Babsn weinte so gut wie nie. Auch damals nicht, als der Florian mit ihr Schluss gemacht hatte. Ihre große Liebe von der Schule. Da hatte sie nur mit den Schultern gezuckt und sich einen gebrauchten BMW gekauft. Mein Umzug musste sie kalt erwischt haben.

„Schau“, versuchte ich wiedergutzumachen, was nicht wiedergutzumachen war. „Ich komm jedes Wochenende und im Urlaub oder du besuchst mich in München.“

Aber sie hörte mich nicht. Langsam rutschte sie auf die Sitzfläche des Sofas, stützte ihre Ellbogen auf die Knie und starrte auf den Teppich.

Ich setzte mich neben sie und legte meinen Arm um ihre Schultern. „Babsn, so schlimm ist es nicht. Ich bin nicht aus der Welt. Nur in München. Keine zwei Stunden mit dem Auto.“

Sie wischte sich über die Augen. „Franzi, das ist jetzt nicht dein Ernst, dass du mich hier im Stich lässt.“ Energisch drehte sie sich zu mir um und nahm meine Schultern fest in die Hände. „Nach München! Da wirst du nur unglücklich.“

Wir redeten noch lange, die Babsn und ich. Irgendwann waren wir zu müde zum Debattieren und gaben auf.

***

Die folgenden Tage sahen wir uns nicht. Ich war nach München gefahren und suchte eine Wohnung. Aber von bezahlbaren Wohnmöglichkeiten hatten die schon lange nichts mehr gehört. Mann, war das teuer! Erfolglos und frustriert saß ich im Regioexpress nach Passau. Wenn das so weiterging, hatte es sich mit dem Job, weil ich nichts zum Wohnen fand.

Mein Handy spielte „one, two, three …“. Eine SMS von der Babsn. Wenigstens etwas.

Heut zum Haslinger? Um 9? <3

Haslinger? Was wollte die Babsn im Haslinger? Da war doch nur Ball der einsamen Herzen! Und eine sogenannte Erlebnisgastronomie mit Veranstaltungsschmankerln. Kurgäste aus dem Bäderdreieck Bad Füssing, Bad Birnbach und Bad Griesbach waren die Klientel dieser Hochburg der bayerischen Gute-Laune-Industrie. War sie jetzt schon so verzweifelt?

Postwendend schrieb ich ihr zurück: ???

Jacko!!!, kam als Antwort. Jacko war DER DJ in der Gegend. Eine Legende. Ich kannte ihn nur vom Hörensagen. Aber Ältere bekamen feuchte Augen, wenn sie davon erzählten.

Okay! Gingen wir halt in den Haslinger. Vielleicht fiel mir dann der Abschied leichter.

Um neun Uhr klackerte Babsn die Treppe zu meiner Wohnung hoch. Aha, High Heels. Wie üblich trug sie Schwarz, ich Weiß. Zu meinem knappen Jeansrock passte die Rüschenbluse ganz gut, fand ich. Und da der Push Up mein B-Körbchen perfekt zur Geltung brachte, war es sexy genug. Für den Haslinger. Babsn zupfte meine blonden Locken zurecht und strahlte. Ich strahlte zurück, froh, dass sie mir meinen Umzug nicht mehr nachtrug.

Nach einem Glas Prosecco zum Vorglühen starteten wir ins niederbayerische Nachtleben. Wir nahmen Babsns BMW und heizten über die Rottaler Hügel. Radio Energie übertönend erzählte sie mir den neuesten Tratsch. Über München verloren wir kein Wort. Alles war wie immer.

Als wir ankamen, musste ich zugeben, dass der Haslinger beeindruckend war. Mehrere Scheunen, in denen für unterschiedlichste Musikgeschmäcker aufgelegt wurde. Tatsächlich auch ein Ball der einsamen Herzen, um den wir einen großen Bogen machten. Im „Heuschober" waren wir dann richtig. Schon vor der Tür konnten wir Mick Jagger um Befriedigung betteln hören. Drinnen war es so, wie es in einer Disco sein musste: laut, dunkel, stickig. Perfekt.

Wir bahnten uns den Weg zur Bar, um uns erst einmal zu akklimatisieren. Babsn bestellte zwei Russn und tippte auf ihrem Handy herum.

„Wem schreibst du denn?"

„Ah, nicht so wichtig." Sie steckte es weg und grinste den Barmann an. Der schaute wirklich lecker aus. Beachtliche Muskeln unter dem T-Shirt. Was will frau mehr?

Ich sah mich um. Zwar war es nicht die Altersklasse der einsamen Herzen, aber wir waren trotzdem bei den Jüngeren. Anscheinend hatte Jacko all seine Fans angelockt. Vierzig- bis fünfzigjährige Männer in karierten Hemden machten einen auf jung. Manche stellten sich nicht ungeschickt dabei an. Überrascht bemerkte ich, dass ich grau melierte Schläfen gar nicht so unattraktiv fand. Trotzdem fragte ich mich langsam, was wir hier zu suchen hatten.

Babsn laberte den niedlichen Barmann zu und beachtete mich nicht. Ich überlegte, ob ich mir den Lidstrich nachziehen sollte, als sich so ein Karohemd neben mich an die Theke stellte. Wir schauten uns kurz an. Wow! Was hatte der für blaue Augen! Das konnte ich sogar in diesem düsteren Licht erkennen.

Er bestellte ein Bier und prostete mir zu. Na, das ging doch noch besser! Wie auf Kommando rückte er näher und setzte sich auf den Hocker neben mich.

„Bist auch ein Jacko-Fan?" Er hatte sich zu mir hinübergebeugt, um nicht allzu laut schreien zu müssen. Hm, tolles Aftershave!

Ich zuckte mit den Schultern.

„Nicht so dein Jahrgang, oder?"

Ah, er hatte es also von allein gemerkt. Ich schenkte ihm ein Lächeln.

„Willst tanzen?" Deep Purple wummerte aus den Boxen. Auch wenn die Altrocker wieder angesagt waren, mein Geschmack war das überhaupt nicht. „Später." Zum Trost fragte ich ihn nach seinem Namen.

„Michael. Und du?"

„Franziska." Wir gaben uns die Hand. So ein älteres Semester war nicht zu verachten. Manieren hatte er zumindest.

Gerade als wir begannen, uns zu unterhalten, tippte mir jemand auf die Schulter. Ich bemerkte, wie Michaels Blick finster wurde, und drehte mich um. Ein Mann, vielleicht ein bisschen jünger als Michael, ließ seine weißen Zähne aufblitzen.

„Bist du nicht die Franzi?“ Er hatte sich zu mir heruntergebeugt, denn im Moment kreischten AC/DC, als ob sie in die Steckdose gelangt hätten.

„Ja. Kennen wir uns?“ Ich musterte ihn. Rotbraune, kurze Haare, braune Augen, eine etwas zu große Nase, insgesamt nicht unsympathisch. Mir jedoch gänzlich unbekannt.

„Noch nicht. Aber wir sollten uns kennenlernen. Ich heiße Max.“ Er hielt mir seine Hand entgegen, die ich nahm und schüttelte. Ich war verwirrt.

Ich wollte ihn eben fragen, woher er meinen Namen wusste, als sich vor mir ein blonder Hüne aufbaute. Er grinste aus seiner Höhe auf mich herab und meinte mit Blick auf mein fast leeres Glas: „Noch einen Russn?“

Was war denn heute mit den Männern los? Wenn das hier immer so funktionierte, musste ich öfter herkommen! Ich setzte mich aufrecht hin, Brust raus, Bauch rein. Eigentlich ahnte ich ja schon lange, dass ich unwiderstehlich war.

Als dann aber noch ein weiterer versuchte, meine Aufmerksamkeit auf sich und seine durchtrainierten Oberarme zu lenken, und ein anderer über Michaels Schulter mir zublinzelte, wurde es mir doch langsam unheimlich. Ich suchte die Babsn. Die war mit ihrem Handy beschäftigt.

Normalerweise war ich ja nicht schüchtern und ich hielt mich auch nicht für eine graue Maus. Noch dazu mit meinem Push Up. Aber diese Begeisterungsstürme hatte ich noch nie ausgelöst.

Michael legte seine Hand auf meinen Arm. „Ich denke nicht, dass du in München lange allein bleiben wirst. Viel Glück!“ Er stand auf und bahnte sich einen Weg durch die Männermenge, die sich um mich geschart hatte. Sofort setzte sich der Nächste auf den Barhocker und wollte mit mir ins Gespräch kommen. Ich hörte allerdings nicht zu, denn mich hatte seine Bemerkung stutzig gemacht. Wieso wusste er von meinem Umzug nach München?

Dem musste ich auf den Grund gehen. Ich wandte mich an Max. „Woher weißt du, dass ich Franzi heiße?“ Ich wollte endlich Klarheit.

Er schaute mich verwundert an. „Na, von deiner Anzeige.“

„Wie?” Ich verstand nicht. „Was für eine Anzeige?“

Max machte große Augen. „Auf der Pinnwand. Hier im Haslinger. Gleich am Eingang.“

„Jetzt langt's!“ Mit Schwung stand ich auf, kämpfte mich zwischen meinen neuen Freunden hindurch und eilte aus dem Heuschober. Aus dem Augenwinkel sah ich, dass Babsn erschreckt aufschaute und dann hinter mir herlief.

Neben der Eingangstür war eine große LCD-Wand installiert, die mir vorher nicht aufgefallen war. Dort blinkten Herzchen neben kurzen Sätzen. Ich überflog die Texte.

„Suche mein Herzblatt, Nicki, 25, etwas mollig. SMS an 170....“

„Welche naturliche Sie hält noch was von Treue? Marcel, 31, möchte wieder an die Liebe glauben. SMS an 169....“

„Vitaler Er, 49, sucht One-Night-Stand. Alter und Gewicht egal. SMS an 175....”

Du meine Güte! Der übliche peinliche Kontaktzirkus, der in jeder Online-Partnerschaftsbörse stand.

Ganz unten, als letzte Anzeige, war zu lesen: „Wer überzeugt mich, Franziska, 26, nicht nach München zu ziehen? SMS an 172....“

Ich amtete tief ein. Das darf nicht wahr sein! Wer hat das an diese Jammertafel geschrieben?

In diesem Augenblick kam Babsn neben mir zu stehen. Sie sah von der Wand zu mir und lächelte mich schief an. Da war mir alles klar! Meine beste Freundin hatte mich verraten.

„Geht's dir noch gut? Was fällt dir ein, so einen Schmarrn über mich zu schreiben!“ Ich blitzte sie an.

„Reg dich doch nicht so auf, Franzi. Ich wollte bloß, dass du einen tollen Mann findest.“

„Du hast sie nicht alle! Ich brauch keinen Mann, ich hab einen Job. Sieh das endlich ein.“ Ich drehte mich um und lief Richtung Ausgang. Mensch, war ich wütend. Und verletzt.

Babsn rannte hinter mir her. „Warte.“ Sie packte mich am Arm, um mich zu stoppen.

Aber ich war viel zu aufgebracht. Einen Stier, der rot sieht, hält keiner auf.

„Ich wollte doch bloß helfen.“

„Nix wolltest! Ganz egoistisch wolltest du mich hier festbinden. Und dafür stellst du mich öffentlich zur Schau. Eine saubere Freundin bist du. Ich bin fertig mit dir.“ Ich riss mich los und stürmte hinaus. Draußen warteten Taxis auf die Nachtschwärmer. Das kam mir gerade recht. Mit der Verräterin würde ich bestimmt nicht heimfahren. Ich setzte mich in das erste und bedeutete dem Fahrer, schleunigst zu starten. Als Babsn auf dem Vorplatz ankam, sah sie nur noch unsere Rücklichter.

***

Danach war Funkstille. Nein, ganz stimmte das nicht. Die Babsn wollte mich erreichen. Sie quatschte meinen Anrufbeantworter voll, schickte mir meterweise Emails, schrieb SMS, klingelte an meiner Haustür. Aber ich reagierte nicht. In zwei Wochen begann meine Arbeit in München und ich hatte noch immer keine Wohnung. Das war entsetzlich. Da hatte ich keine Nerven, mich auch noch mit meiner durchgeknallten Freundin abzugeben.

Ich gestattete mir nicht, sentimental zu werden. Natürlich, sie war meine älteste Freundin und wir hatten viel miteinander erlebt. Aber das, was sie sich da im Haslinger geleistet hatte, überschattete alles. Ich blöde Kuh hatte gedacht, die Typen würden echt auf mich stehen und ich hätte endlich den Dreh raus, ein männermordender Vamp zu werden. Dabei hatten sie nur auf diese bescheuerte Anzeige reagiert. Und Babsn hatte ihre Telefonnummer angegeben, sodass sie die SMS beantworten und die Männer zu mir lotsen konnte. Das war mir nach langem Nachdenken klar geworden. Da steckte viel kriminelle Energie dahinter. Nein. Ich wollte mit ihr nichts mehr zu tun haben. In München würde ich mir eine neue beste Freundin suchen.

Ich tappte im Schlafanzug in die Küche, um mir den ersten Sonntagmorgen-Kaffee zu machen, da klingelte das Telefon. Ein Blick auf das Display zeigte mir, dass es nicht schon wieder die Babsn war, sondern meine Mutter.

„Franzi, magst vorbeikommen? Es gibt Böfflamott."

Böfflamott war zwar mein Lieblingsessen, vor allem wenn meine Mutter das gekocht hatte, und so schnell würd ich keines mehr kriegen, wenn ich erst in München war. Früher, als ich noch bei meinen Eltern gewohnt hatte, bin ich am Sonntag immer freiwillig aufgestanden, wenn der Geruch von Rindfleisch mit dem Wein und dem Gemüse durchs Haus zog. Aber irgendwie war mir in letzter Zeit jeder Hunger vergangen, mit der ganzen Ärgerei über die Babsn.

„Ich weiß nicht recht, Mama, ich mach mir gerad einen Kaffee."

„Bist gar erst aufgestanden?" Ich konnte hören, dass sie ihre typische Erwiderung vom faulen Leben der heutigen Jugend runterschluckte. Stattdessen sagte sie: „Jetzt lass dich doch nicht so bitten, Franzi, das Böfflamott machst du dir doch eh nicht selber. Jetzt komm schon rüber."

Ich zögerte immer noch.

„Außerdem", meine Mutter machte eine Pause, „stell dir vor, wir haben eine Wohnung für dich."

„Was!" Träumte ich?

„Ja. Komm, dann erzählen wir dir alles."

„Sag, woher? Von wem?" Das war ja der reinste Wahnsinn!

„Nein, komm her. Ich möcht dein Gesicht sehen, wenn ich es dir sage."

„Okay." Na, dann tat ich ihr halt den Gefallen. So schnell war ich noch nie angezogen. In gefühlt zehn Sekunden klingelte ich an der Haustür meiner Eltern Sturm.

Mein Vater machte auf und ich umarmte ihn. Das war auch schon eine Ewigkeit nicht mehr vorgekommen. Aber ich war so glücklich! Endlich eine Wohnung!

Ich lief weiter in die Küche, von wo mir schon der Duft vom Böfflamott entgegenwehte, und bremste abrupt ab.

Neben meiner Mutter stand die Babsn. Ihr Anblick war wie eine kalte Dusche. Ich wollte umdrehen und gehen, aber mein Vater war in der Tür und schob mich zum Tisch.

„Jetzt hör dir erst mal an, was die Babsn zu sagen hat."

Wütend verschränkte ich meine Arme. Da war ich ihnen ja schön auf den Leim gegangen. Ich hätte mir denken können, dass sie uns wieder zusammenbringen wollten.

Die Babsn sah schlecht aus. Dunkle Ringe unter den Augen und zugenommen hatte sie auch. Fast tat sie mir ein bisserl leid.

„Franzi, ich möcht mich entschuldigen. Das, was ich im Haslinger gemacht hab, war nicht richtig." Sie hob eine Hand, um mich am Sprechen zu hindern. „Und ich hab jetzt verstanden, dass du nach München musst. Zu deinem Job. Und deswegen hab ich nachgedacht und mir ist meine Tante Rosi eingefallen. Die wohnt nämlich in München. Und sie vermietet zwei Zimmer an Studentinnen. Eins davon wäre frei. Das kannst du haben. Für den Anfang."

„Was?" Ich sah von einem zum anderen. Meine Eltern nickten.

Das musste Babsn wirklich Überwindung gekostet haben. Alle Achtung. Ich konnte mein Glück nicht fassen. „Und ab wann?"

„Wenn du willst, ab morgen. Und ich helfe dir packen."

„Mensch, Babsn, Hammer!" Ich fiel ihr um den Hals.

„Ich weiß."

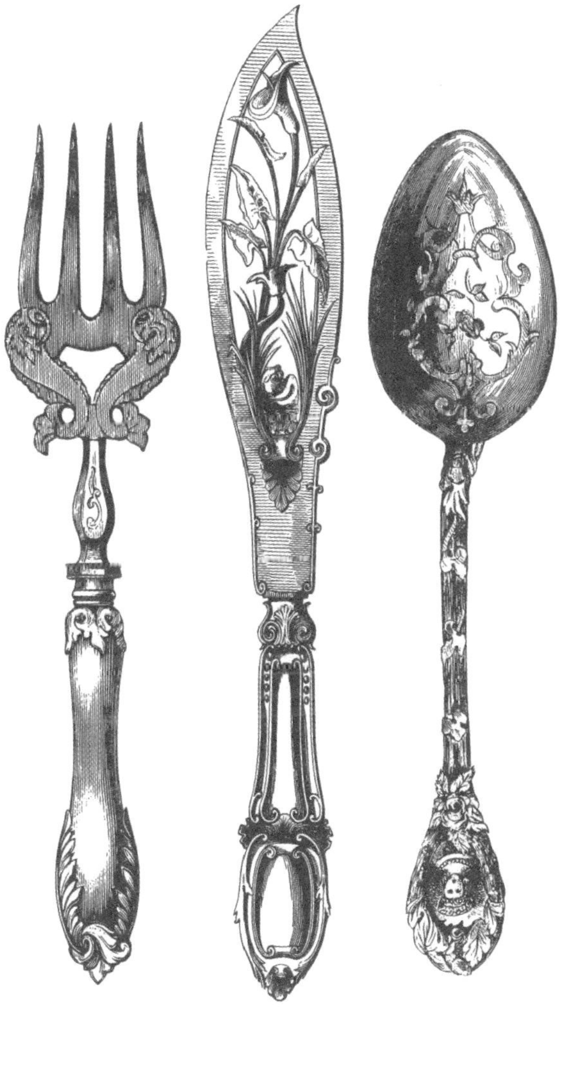

DIE AUTORINNEN UND AUTOREN

Hilde Artmeier, geboren 1964 in Oberbayern, diplomierte Fremdsprachenkorrespondentin u. studierte Biologin, arbeitete lange in der Industrie u. als selbstständige Übersetzerin, lebt heute als freie Schriftstellerin in Regensburg u. Karlsruhe. Schwerpunkt Krimis/Thriller, bisher zwölf veröffentlichte Romane, zuletzt „Stille Donau" (Emons, 2020) u. die zusammen mit Ehemann u. Spiegel-Bestsellerautor Wolfgang Burger verfassten Polit-Thriller »Gleißender Tod« (Knaur 2019) u. „Schmutziges Gift" (Knaur, 2021). *www.burger-artmeier.com*

Edith Maria Ascher, geboren 1961, lebt in Landshut. Die studierte Sozialpädagogin arbeitet als freischaffende Künstlerin und Schriftstellerin. Sie ist in Anthologien vertreten und hat Romane und Kurzgeschichten (Fantasy/Magischer Realismus) veröffentlicht. Sie liebt es, wie Bücher und Bilder sich beim Schreiben und Malen entfalten. Mehr Infos unter: *www.e-m-ascher.de*

Fabian Bader, geboren 1993, studierte Philosophie, Germanistik und Geschichte. Für seine Prosa, die in Anthologien und Zeitschriften veröffentlicht wurde, erhielt er Preise und Stipendien. So war er Gewinner der PULS-Lesereihe 2015 und des Write&Read Nachwuchspreises der Jungen Verlagsmenschen. Er war Stipendiat des Schreibhains Berlin und absolvierte die Bayerische Akademie des Schreibens. 2019 hat er die LIT-Night Regensburg ins Leben gerufen. 2021 ist er Kurator des „Kultursommer Regensburg" für die Sparte Literatur.

Wolfgang Burger, geboren 1952 im idyllischen Südschwarzwald, schreibt seit 1995 Kriminalromane. Er ist verheiratet mit der Autorin Hilde Artmeier und lebt abwechselnd in Regensburg und Karlsruhe. Bisher sind 25 Romane erschienen mit einer Gesamtauflage von fast 700.000. Viele seiner Bücher standen über Wochen auf der Spiegel-Bestsellerliste. Letzte Veröffentlichungen: 2020: „Der sanfte Hauch des Todes" (Kriminalroman) und „Schmutziges Gift" (Thriller zusammen mit Hilde Artmeier).

Marie-Anne Ernst hat Vor- und Frühgeschichte und Volkskunde studiert. Sie lebt mit ihrer Familie im Vorderen Bayerischen Wald und hat mehrere Kurzgeschichten sowie eine Kinderbuchreihe um die Zahnfee Apollonia veröffentlicht. „Mission Einhorn", ihr aktuelles Buch aus dieser Reihe, stand 2020 auf der Longlist des Deutschen Selfpublishing-Buchpreises.

Colin Goldner, Dr., klinischer Psychologe und Sachbuchautor. Wissenschaftlicher Beirat des Internationalen Bundes der Konfessionslosen und Atheisten (IBKA). Lebt mit Frau und 75-kg-Dogge – alle drei vegan – in einem 200-Seelen-Dorf in Niederbayern.

Wolf Hamm (Wolfgang Hammer, geboren 1946) hat in Straubing Abitur abgelegt. Nach dem Lehramtstudium in Geschichte und Deutsch für Gymnasien unterrichtete er in Flensburg, Kopenhagen und an der Universität in Kiel. Ab 1992 bis 2011 leitete er die Lehrerausbildung in Rostock. Lebt jetzt mit seiner Frau Karen in Mitterfels. Zahlreiche Veröffentlichungen zu schulischen Themen. Schreibt ungewöhnliche Geschichten und Romane: Kriminalkommissar Grantinger und das Vierte Reich; Ich will doch noch leben; Wolfswelten oder Hitlers Sohn und ich; Sätze des täglichen Gemetzels. Karen Hammer (für das Rezept) ist in Kalifornien geboren und lebt seit 1971 in Deutschland.

Elfi Hartenstein lebt seit Ende 1989 als freiberufliche Autorin, Übersetzerin, Lektorin und Ghostwriter in Regensburg. Sie schreibt Prosa (meist *narrative nonfiction*) und gemeinsam mit „Tatort"- und „Schimanski"-Autor Horst Vocks Krimis: die 2017 als E-book erschienene Romanfolge „Ausstieg", „Glücksspieler" und „Gefährliche Erben" um Ex-Kriminalhauptkommissar und Schlichter Lou Feldmann.

Ingrid Kellner, Autorin von Kindergeschichten und Betthupferl für den BR, Illustratorin von Schul- und Bilderbüchern: „Der Ernst des Lebens". Im Lichtung Verlag: „Genau beinand", Kurzgeschichten, „Die drei Damen der Villa Hestia" und „Ursula und das kleine Glück".

Gabriele Kiesl lebt als freie Autorin in der Oberpfalz. Sie schreibt Bücher, Drehbücher und Theaterstücke. Neben ihrer freiberuflichen Tätigkeit ist sie Produzentin, Regisseurin, Dozentin für Kreatives Schreiben und Eventmanagerin. *www.kiesl-gabriele.de*

Julia Kathrin Knoll, geboren 1980 in München, zog nach Regensburg, um dort Germanistik, Italianistik und Pädagogik zu studieren, und blieb der Stadt bis heute treu. Derzeit arbeitet sie in der Erwachsenenbildung und als Gästeführerin. Sie schreibt in den Genres Romantik, Fantasy und Historischer Roman, gerne auch über ihre Wahlheimat Regensburg.Weitere Informationen unter: *www.julia-kathrin-knoll.de*

Angela Kreuz schreibt Romane, Erzählungen, Kurzgeschichten und Gedichte. Jüngste Publikationen waren die Romane „Picknick an der Grenze" (2019) und „Straßenbahnträumer" (2017) sowie „Das surrealistische Büro. Kein Roman" (2018). 2012 erhielt sie für ihre vielfältigen literarischen Projekte den Kulturförderpreis der Stadt Regensburg. In ihrer Freizeit widmet sich die Schriftstellerin u.a. der experimentellen Kochkunst und der originellen Resteverwertung.

Carola Kupfer, Jahrgang 1964, studierte Kunstgeschichte, Archäologie und Romanistik und ist seit knapp 30 Jahren als Autorin, Ghostwriter, Texterin und Kommunikationstrainerin für verschiedene Agenturen, Unternehmen, Verlage und Schulen tätig. Weiteres unter: *www.carola-kupfer.com*

Anne Lienert ist ein Pseudonym der Kulturjournalistin Christine Riedl-Valder. Die promovierte Kunsthistorikerin und Germanistin wuchs in Niederbayern auf und lebt seit 40 Jahren in der Oberpfalz. Sie veröffentlichte bereits zahlreiche Sachbücher, Aufsätze und Artikel zur Kunst-, Literatur- und Kulturgeschichte Bayerns und schreibt gelegentlich auch belletristische Texte. *www.kunstliteratour.com*

Oliver Machander ist Schriftsteller, Schauspieler und vor allem Erzähler. Er konnte bereits bei über 3000 Vorstellungen Kinder und Erwachsene mit Märchen, Theater und Lesungen erfreuen. Seit 2010 schreibt der Künstler auch eigene Märchen und Geschichten. Mehr Infos unter: *www.nanu-maerchen.de & https://czusammen.de*

Gabriel Maier wurde 1978 in Regensburg geboren, studierte dort an der Technischen Hochschule und lebt heute mit seiner Familie am Stadtrand. Er ist Mitglied im Schriftstellerverband Ostbayern und schreibt in den Bereichen Science Fiction, Horror, Fantasy und Satire. Mail: *gabriel_rk_maier@yahoo.de*

Marita A. Panzer, Dr. phil., lebt und arbeitet in Regensburg und Irland. Sie ist Sachbuchautorin und veröffentlichte zahlreiche historische Biografien, zuletzt: „Hedwig – Die Braut der Landshuter Hochzeit" (2020). Zudem macht sie hie und da Ausflüge in die Belletristik mit Kurzgeschichten und ihren Minikrimis „vogelfrei und mausetot" (2018). Einige ihrer Arbeiten wurden in mehrere Sprachen übersetzt. Weiteres unter: *www.marita-panzer.de*

Sabine Rädisch wurde 1973 in Deggendorf geboren. Dem Lauf der Donau folgend, studierte sie Bauingenieurwesen in Regensburg und ließ sich in Wien zur Schreibpädagogin ausbilden. Die Autorin lebt in Regensburg, leitet erfolgreich Kurse für kreatives Schreiben und veröffentlichte bereits mehrere Romane, Gedichte sowie ein Schreiblustbuch.

Claudia H. Spelic, in Fulda/Hessen geboren, als moderne Nomadin berufsbedingt von Jever im hohen Norden, via Göttingen und Köln nach Bayern gekommen. Lebt und arbeitet seit 1988 im Landkreis Regensburg. Erstes Kinderbuch erschien 1987, es folgten Kurzgeschichten, Roman, Lyrik, Satire und Anthologien. Mitglied im VS-Ostbayern. Infos unter: *www.pinselart-und-federstrich.de*

Rolf Stemmle ist gebürtiger Regensburger. Zunächst konzentrierte er sich auf das Theater, seit einigen Jahren schreibt er auch Prosa und Lyrik. Zudem beschäftigt er sich mit klassischer Musik. Er verfasst Einführungsliteratur zu Opern und komponiert Kammermusik. Im MZ-Buchverlag (Battenberg Gietl Verlag) erschien „Der Teufel von Stockenfels“ sowie „Das Rennplatz-Geheimnis“. *www.rolf-stemmle.de*

Thyra Thorn ist Ethnologin. Seit 2008 veröffentlicht sie literarische Texte und schreibt für österreichische und deutsche Literaturzeitschriften. Ende Oktober 2020 nahm sie als eine der neun Finalisten an der FLORIANA Literaturbiennale in St. Florian/Österreich teil.

Ingrid Werner hat sich mit den Berufen Bankkauffrau, Juristin, Heilpraktikerin und Mutter perfekt auf das Schreiben von Krimis vorbereitet. Außerdem arbeitet sie als Lektorin, Herausgeberin von Anthologien und CharakterCardsCoach. Im Moment schreibt sie ihren ersten Liebesroman und ist gespannt, ob nicht doch noch eine Leiche auftauchen wird. *www.werner-ingrid.de*

Als Gast:

Horst Vocks. Drehbuchautor. Seit zehn Jahren in Regensburg. Lebt und schreibt zusammen mit Elfi Hartenstein Kriminalromane.

DIE ANDEREN SEITEN

Verführerisches Ostbayern
Sinnliche Begegnungen und
leidenschaftliche Romanzen
1. Auflage 2019
216 Seiten
ISBN 978-3-86646-738-5
Preis: 19,90 €

Mörderisches Ostbayern
Verbrecherische Gedanken
und seltsame Todesfälle
1. Auflage 2018
248 Seiten
ISBN 978-3-95587-721-7
Preis: 19,90 €

OSTBAYERNS

Phantastisches Ostbayern
Märchenhafte Geschichten
und wundersame Ereignisse
1. Auflage 2017
216 Seiten
ISBN 978-3-86646-787-3
Preis: 19,90 €

Schauriges Ostbayern
Unheimliche Ereignisse und
geheimnisvolle Geschichten
3. überarbeitete Auflage 2018
168 Seiten
ISBN 978-3-95587-751-4
Preis: 19,90 €

Weihnachtliches Ostbayern
Winterliche Geschichten und himmlische Ereignisse
1. Auflage 2020
248 Seiten
ISBN 978-3-95587-747-7
Preis: 19,90 €

24 AutorInnen des VS Ostbayern haben abwechslungsreiche Geschichten zur Winter- und Weihnachtszeit geschrieben, die jenseits von Kitsch und Klischees direkt aus dem Umfeld der Menschen in der Oberpfalz und Niederbayern geschöpft wurden.
Der Band „Weihnachtliches Ostbayern – winterliche Geschichten und himmlische Ereignisse" versammelt beschauliche, lustige, tiefsinnige, traurige, kritische, gefährliche, hoffnungsfrohe – eben moderne Winter- und Weihnachtsgeschichten. In ihnen warten nicht alle aufs Christkind oder besinnen sich auf das Geschehen in Bethlehems Stall, sondern erzählen von den Ereignissen und Dramen rund um das „Fest der Liebe". So werden Wünsche nicht immer erfüllt, Nikoläuse ermüden und das Christkind erscheint zur Unzeit, Weihnachtsmärkte und Rentiere nerven, Engel verlieren ihre Flügel und im Himmel zieht das Internet ein … Dennoch gibt es hie und da ein hoffnungsvolles Licht!
Dieses außergewöhnliche Weihnachtsbuch mit zahlreichen Illustrationen setzt die erfolgreiche Ostbayern-Reihe des Verbandes deutscher Schriftstellerinnen und Schriftsteller in Ostbayern (VS Ostbayern) fort.